Nona · 露娜

　　嗨，大家好，我是Nona露娜！從荷蘭遠道而來的瑪蓮萊犬，除暴安良、伸張正義是我犬生的目標！汪汪！還記得香港奧運馬術比賽嗎？我很榮幸擔任了保安工作，確保比賽安全進行啦。現在，警隊裏年輕有為的新紥師弟妹們已開始展露頭角，我是不是要考慮功成身退了？這個問題我還要慎重考慮考慮！

Owen・奧雲

拉布拉多獵犬Owen奧雲，號稱「黑金剛」！警犬隊中赫赫有名的緝毒犬。與Lok Lok樂樂、Tango彈高號稱警隊「黑煞三王子」。別誤會，他們可是警犬隊猛將，驍勇善戰，擅於衝鋒「殺敵」。外形雖不十分有型，但英勇有餘，一副不怒而威的相貌，連慣匪都懼怕七分！

Lok Lok · 樂樂

　　洛威拿犬Lok Lok樂樂一向嫉惡如仇，但情商很高，不會狂躁暴力。他擅長的是以柔制剛，厲害吧。由於洛威拿犬生得高大威猛，一副不怒而威的相貌，連慣匪惡賊都懼怕七分！做過白內障手術的他，過一、兩年也要退休了，不過他可是童心未泯，活潑好動，在警隊常被譽為小犬子！

Tango · 彈高

警犬隊另一頭「黑金剛」,拉布拉多獵犬,罪犯剋星。年青力壯的他,勇猛善戰,但衝動熱血,尤愛打架滋事,是警犬老爸的「重點關注對象」。生性兇猛的他,連猴山的猴羣都對他俯首稱臣,他亦經常利用山林野猴提供的線索為警隊偵破案件。

Epson · 阿爽

　　瑪蓮萊犬家族最優秀的警犬之一，Nona露娜最引以為傲的兒子！生性聰明，身手敏捷的他，個性活潑，可謂全科警犬，是搜爆組的一顆耀目新星，與Baggio小巴和Jeffrey大飛號稱警犬隊「搜爆三犬子」。常自認自己是露娜媽咪的出品，必屬佳品！

Baggio · 巴治奧

　　警犬隊的後起之秀——Baggio巴治奧，自命大巴，人稱小巴，綽號「花臉小巴」！關於綽號的由來，呃，我不好意思說啦！小巴是瑪蓮萊犬，巡邏、捉賊、防暴樣樣皆能，精力充沛，喜歡玩跳繩、跳彈牀遊戲，自創「跳繩歌」，真是文武全才啊！

Jeffrey · 綽飛

　　「搜爆三犬子」實力幹將Jeffrey綽飛登場了。自命警犬隊搜爆一哥的他，是一頭史賓格犬，好勝心強，妒忌心重，為犬狡猾，自命大飛，視阿爽和小巴為強有力的競爭對手。拜大飛所賜，阿爽險些失去加入警犬隊的機會。不過現在，他是絕對是友好之友！

Max · 麥屎

MAX

　　Nona露娜的親密伴侶,他們一起從荷蘭來香港受訓,經過長期友好的相處,早已是有情犬終成眷屬了!並擁有了像Epson阿爽這樣優秀的兒子作接班人。因為年紀比較大,他即將退休,現在忙着退休前的各項身體檢查和培訓。

特警部隊 5

新修訂版

少女的「秘密」

孫慧玲　著

新雅文化事業有限公司
www.sunya.com.hk

特警部隊 5（新修訂版）

少女的「秘密」

作　　　者：孫慧玲
繪　　　畫：陳焯嘉
責任編輯：曹文姬　胡頌茵
美術設計：李成宇　蔡學彰
出　　　版：新雅文化事業有限公司
　　　　　　香港英皇道499號北角工業大廈18樓
　　　　　　電話：(852) 2138 7998
　　　　　　傳真：(852) 2597 4003
　　　　　　網址：http://www.sunya.com.hk
　　　　　　電郵：marketing@sunya.com.hk
發　　　行：香港聯合書刊物流有限公司
　　　　　　香港荃灣德士古道220-248號荃灣工業中心16樓
　　　　　　電話：(852) 2150 2100
　　　　　　傳真：(852) 2407 3062
　　　　　　電郵：info@suplogistics.com.hk
印　　　刷：美雅印刷製本有限公司
　　　　　　九龍觀塘榮業街6號海濱工業大廈4字樓A室
版　　　次：二〇二一年二月初版

ISBN: 978-962-08-7660-8

忠僕的頌歌

魔警事件深感歎

二零零六，甲戌年，屬狗的一年，發生了「魔警」徐步高用極其殘酷的手段殺害兩名同僚的駭人事件，全港傳媒多天來鋪天蓋地報道、渲染，引起全城紛紛議論，甚至抨擊香港警察的素質，懷疑香港警隊的能力，當然，樹大有枯枝，即使一個家庭，也會出敗家子，但我覺得，在香港生活，不失安全感，全因香港治安好，就是因為香港警察素質高，忠於職守，於是，促使我以懇摯的心，開始寫警察的故事，《特警部隊》系列小說的第一本在二零零七年出版，至今一共六本。

警犬情深智仁勇

我跟許多兒童一樣，喜愛動物，寫警察故事，我選擇了警犬，來讓少年兒童從警犬的故事中，認識警犬，也從而了解警察的工作。那種危險、那種艱辛，在那種全情投入，與賊匪對峙，奮不顧身的儆惡懲奸中，看到不論是人，或是警犬，都能夠堅守正義，盡忠職守，滿身散發殲滅罪行的鬥志和勇氣，有與罪惡誓不兩立的使命感！人和犬，心靈相通，互相關心，彼此扶持，忠誠相待，愛意永在，真教人動容。

《特警部隊》中每一個故事，都有其真實性，在搜集故事資料和撰寫故事時，我的內心起伏不已。警犬天性忠誠，勇毅不屈，叫人敬佩；牠們警覺性超凡，利用特有的敏銳聽覺和嗅覺，尖銳的犬牙和嘹亮的吠聲，使賊匪俯首就擒，叫人驚訝；牠們辦案時而機智百出，引來掌聲，但也時而犯錯誤，惹來指摘，牠們的際遇，跟人類一樣，有高低起伏，升沉進退，叫人感慨。同時，警察故事，離不開罪惡，挖得越深，便越驚心動魄，繁華底下的黑暗面，能不令人震慄，使人惆悵？

精彩系列用意深

《特警部隊》系列小說，一共六本：

1.《走進人間道》，寫警隊引進警犬，警犬學校的嚴格訓練，警犬在學習中表現的聰明，在考核中表現的英勇，警犬對領犬員，初相拒，後相隨，到推心置腹，合作無間的關係，妙趣橫生；

2.《伙記出更》，寫警犬初出道執勤的怯懦憨態，洋相百出，在對付變態刀片人、偷渡者、飛仔等實戰中提升了信心，增強了能力，過程使人發噱；

3.《搜爆三犬子》，寫警犬在奧運馬術比賽期間執行反恐保安工作的險象橫生和慘中陷阱，犬和犬之間尚且充滿陰謀詭計，更何況是人？故事可謂出人意表；

4.《緝毒猛犬》，寫犬有忠犬有惡狗，人有好人跟壞人，表面看似不可能犯罪的人，實際卻是可怖的大毒梟，叫人防不勝防，真箇忠奸難辨，人心叵測；

　　5.《少女的「秘密」》，集中揭示少女犯罪的種種情形和問題的嚴重性，少女是未來的媽媽，她們的思想行為絕對影響社會、國家的發展，是值得擔心的大危機；

　　6.《男孩的第一滴淚》，則將焦點放在探討少年的內心，少年鋌而走險，掙扎成長，他們的人生和內心，充滿迫逼與無奈，他們還有出路嗎？還有將來嗎？但願少年們都能在成長的挫折中見光明。

少年英雄跨三代

　　香港警犬，自小入伍，表現優秀的多不勝數，屢屢獲獎亦大不乏犬。我們看到牠們的忠誠可靠，英勇立功，但牠們心中的歡樂哀傷，恩怨情仇，我們又知道多少？能夠認識這些故事中的警犬，是我和你們的榮幸。

　　《特警部隊》系列中的香港警犬隊，橫跨三代：

　　第一代有精明機智的 Nona 露娜、穩重成熟的 Max 麥屎、英俊多情的 Rex 力士、憨厚害羞的 Jacky 積仔、善妒暴躁的 Tyson 泰臣、怯懦畏縮的 Lord 囉友、熱情敏銳的 Bo Bo 阿寶、高傲自恃的 Dyan 阿丐、改邪歸正的 Hilton 希爾頓；

　　第二代有 Nona 露娜的頑皮仔 Epson 阿爽、好動愛色 Baggio 巴治奧、王牌搜神 Coby 高比、嚴謹女神 Connie 康妮、嬌嗲公主 Antje 安琪、陰險毒辣 Jeffrey 綽飛；

　　第三代有「黑煞三王子」：三頭黑金剛，包括勇猛善戰 Tango 彈高、不怒而威 Owen 奧雲、剛柔活潑 Lok Lok 樂樂等，當然還有 Antje 安琪所生的幼犬⋯⋯

故事串連停不了

　　數一數，竟有近二十頭之多，牠們就像人一樣，各有各的性格和所長，各有各的際遇和故事，我就以香港警隊從荷蘭引入的第一代瑪蓮萊犬 Nona 露娜做主線，用牠洞悉一切的靈慧犬眼看世情，串連牠和其他同僚驚險刺激的執勤際遇、艱苦準確的訓練和考驗，日常相處的趣事瘀事等，刻畫每一頭警犬獨特的性格、情緒、成長及面對考驗的種種，讓讀者看出趣味，也思考成長，思考社會。

衷心感謝好因緣

　　在此，謹以摯誠的心再多謝香港警犬隊前高級督察吳國榮先生，有他的協助和指導，我才能寫成這系列小說。寫到最後，故事中第一代的警犬都退休了，吳督察也退休了，而我，也從香港大學教師的崗位上退了下來，我們正在開展更豐盛多姿的人生階段，繼續以最大努力回饋社會，但願普天下成年人慈悲為懷，淨化社會，共建安祥和平，讓兒童都能夠健康快樂的成長。

　　《特警部隊》系列小說，得前香港警務處處長鄧竟成先生、警犬隊前高級督察吳國榮先生、立法會議員葉劉淑儀女士、前立法會主席曾鈺成先生、著名兒童文學前輩阿濃先生賞識賜序，再謹此致謝。在此，也要多謝新雅文化事業有限公司前董事總經理朱素貞女士支持、前副總編輯何小書女士督成、前編輯部經理甄艷慈女士費心，這系列六本警犬小說才得以出版，並得到讀者喜愛。而今年因得董事總經理兼總編輯尹惠玲女士賞識得以修訂再出版，謹此致以深摯謝意。

孫慧玲

（2021 年修訂）

目錄

第一章　賊喊捉賊

　　一天早上，一對男女到警局報案，説兩人錢包內的百元鈔票常常不翼而飛。

　　那一天，剛巧我——警犬 Nona 露娜和領犬員陳 Sir 忠仔被派到旺角警署值班。我 Nona 露娜和他起個大清早，從邊界禁區沙嶺警犬訓練學校趕到旺角警署。由於為時甚早，警局事務清閒，忠仔也不將我 Nona 露娜困在籠內，我當然樂得跟隨忠仔在報案大堂巡逛，甚至玩耍。

　　「阿 Sir，」一個看似年六十多歲的男人和一個大約五十歲多的女人走進警署，人未到聲先到，是帶口音的廣東話，「阿蛇（Sir），我們要報晏（案）……」女人説，但她一看見我 Nona 露娜，立即張大嘴巴，連話也説不下去似的，掩着胸口，露出害怕的表情，指着我説：

　　「你蔗（隻）狗……」

　　我 Nona 露娜正要出聲吠叫抗議我不是蔗，也不是狗時，只聽見忠仔説道：

「哦，這是警犬 Nona，模範警犬，老差骨了，樣子看似兇惡，其實個性十分溫純，不會無故咬人，也從來沒咬過好人，不用怕。」陳 Sir 和藹地說，還轉過臉來向我眨眼示意。我立即明白忠仔的意思，為免無知市民無聊多事枉擔心害怕諸多投訴，我 Nona 露娜主動向他們問安：

「汪汪，叔叔嬸嬸，你們好！我是 Nona 露娜，汪汪。」*

我 Nona 露娜輕聲吠叫，還乖乖地咧嘴微笑，熱情擺尾，表示友好，終於取得他們信任，不再在我要不要消失的問題上糾纏，其實，如果他們堅持不信任我 Nona 露娜，說他們害怕，不想見到我，他們是可以要求忠仔把我關到籠去的，在香港，市民永遠有這個權利那個權利。

陳 Sir 見他們不再堅持，立即說：「來報案嗎？什麼姓名？請拿出身分證登記備案。」

「原來是范笙先生和范淑女士⋯⋯」

「是，我姓范，我先生也姓范，所以我叫范范淑⋯⋯」

*有關 Nona 露娜如何來到香港，加入警隊受訓的故事，請看《特警部隊 1．走進人間道》。

「汪汪，多好笑的姓名，飯生飯熟，還要飯飯熟，不會不熟。」

我忍不住咭咭笑了起來。

哈哈……說起來，好像嗅到米飯的香味……

咦，好像有點肚子餓了……

我看到忠仔也正強忍着不發笑，古怪的姓名，做警察的見得多了，但飯生和飯熟這樣有趣的名字，仍然叫他實在忍俊不已，只是，在尊貴的市民面前，他不敢造次，只好佯裝把筆掉到桌子下，彎下腰來，掩飾笑意，還乘機用腳碰了我一下。

「好，兩位，有什麼事？」陳 Sir 問道，其實他已忍笑忍得滿臉通紅。

姓范婦人搶着陳述案情：「近來，我們淺（錢）包內的百元鈔票常常不翼而飛，懷疑被偷去。」

「有沒有可能是你們事忙，不清楚記得錢包中有多少錢吧？」

「一時健忘？沒有可能！」男的斬釘截鐵，自信十足，否認記憶力衰退。

「你以為我們老人痴鵝（呆）？今天來浪費剪（警）力嗎？」范婦人生氣地說。

「有證據、證人嗎？」陳 Sir 問。

「當然沒有。有證有據，還有證人，何須報案，待警調查？我們就是，要你們查，水落石出，真相大白，家賊落網，鼠輩就擒⋯⋯」范男句句四字箴言，認真「搞笑」。

這樣的説話方式，陳 Sir 和我 Nona 露娜還是第一次聽到。

「這樣吧，」陳 Sir 再不阻止他，怕他的四字箴言傾籮而出，不可收拾，「你們回去，先把錢包中的一百元紙幣，先登記張數和號碼，看看再有沒有失竊。」

「我們報案，你卻要求，我們兩人，做這做那？」范男忽然生氣，漲紅了臉説。

「你不先設下圈套，『疑犯』又怎會落網呢？」陳 Sir 耐心引導這兩位大叔大嬸。

「設下圈套，『疑犯』落網？」范男有點懷疑。

「哈！我屎(喜) 翻(歡)！」姓范婦人覺得興奮，聲音也高了八度。

「汪汪，哈哈！」實在忍不住了，我 Nona 露娜笑了起來，范婦人瞪了我一眼。

「這樣行嗎？效果如何？有沒保證？失敗如何？」男的充滿疑惑。

「先試試看，或者有用。」陳 Sir 竟然也以四字詞語回應。

「阿蛇(Sir)，你不是就這樣想打發我文(們)走吧？」范婦人說。

「你們還有什麼要求嗎？」陳 Sir 覺得莫明奇妙。

「不是說來(剪)警署，是飲杯茶，食個包嗎？你不請我們飲茶，食包嗎？」范婦人壓低聲音說。

「出大門轉左，下一條街上便有茶餐廳。」陳 Sir 沒好氣地說，我也懷疑他們是否報假案，為的是免費茶餐。

下午我們到街上巡邏，在路上忽然接到通報，要到某大樓單位查案，有人報案說「財物失竊，家中有賊，嫌疑直指，那個『外人』。」

一聽電台通報，再寫下案發地址，我 Nona 露娜和陳 Sir 立即想起那兩個「飯糰」。

按鈴應門，姓范婦人立即大叫：「阿蛇(Sir)呀，為什麼帶狗來呀？我家范飽怕狗的呀！」

「警犬犬鼻，發現贓物，比人眼更靈。」陳 Sir 語氣堅定而溫和地解釋，市民不知道，上樓查案，危機重重，當警方人手不夠，編不到『孖呅』，即二人一組同行，帶同警犬，便是對警員的最佳保障。

位於十三樓的居所，面積大約五百呎，三人居住，聘了一個菲傭打理家務，看來家境還算不錯。

陳 Sir 機警地在門外目掃屋內情況，男女屋主范笙范淑，看似並非危險人物，至於那個范「飽」？既然怕犬，就由我 Nona 露娜來應付好了。

陳 Sir 不和范婦人糾纏怕犬的問題，單刀直入問道：「是你致報電案說家中失竊嗎？」

「是呀，這兩天，我們錢包內百元炒(鈔)票又不箭(見)了四張，每天兩張，分明有人每天在兩個錢包中各偷去一張，以為我們不會發現。」范婦人忿忿不平道。

看來，小偷也太急需用錢了，鈔票接連失蹤，不被察覺才怪！

「那麼，你們有沒有聽我勸告，登記好錢包中一百元紙幣的張數和號碼？」

「有呀，就是不箭(見)了這四張。」范婦人拿着一張紙，指着四個號碼說。

「范先生、范太，請你們把錢包拿出來。」

「Nona，SEARCH。」陳 Sir 下令。

我 Nona 露娜嗅着錢包，把氣味放到記憶體中，再加上姓范夫婦身體的氣味，憑這，我便能夠追蹤到

那四張「被偷去」的一百元紙幣。

氣味之路散布在屋子裏，一直去到後面的工人房間，范婦人瞪着她家中菲傭，大叫道：「我都説啦，就是家地(賊)幹的好事，唉呀，日防夜防，家地(賊)難防，家地(賊)難防呀！」

陳 Sir 請菲傭拿出錢包，裏面果然有四張一百元鈔票！

一犬當先，破案在即？

一對號碼，竟然不是報失的四張！

未算破案，仍需努力。

我按氣味路線再嗅索，來到一個房間，門上掛着一個牌子，圖文並茂，又是句句四字，寫着「正在睡覺，不要打擾，犯者必死！Fan Po 字」

這個 Fan Po，是什麼人？措辭用字，這麼無禮？這麼激烈？這麼暴戾？

「裏面是什麼人？」陳 Sir 問。

「我們范家的飽(寶)臂(貝)女兒范飽(寶)呀，人又漂亮又乖，真是人見人愛。」范婦人一邊説一邊拍門喊道。

「飽飽(寶寶)，開門呀！」。

裏面毫無反應。

　　「飽飽(寶寶)，開門呀，下午一時啦，還不起牀上學？」范婦人再拍門叫道。

　　還是毫無反應。

　　「飽飽(寶寶)，心肝飽臂(寶貝)，范家小姐，快開門，來了剪(警)察呀！」范婦人再三拍門叫道。

　　不知道是中國人說的「事不離三」，凡事三次已經足夠；還是警察兩個字有力，只聽見房間有人移動，沙沙地翻動物品，還有「唧咕」的說話聲，房內的人正在和外界通電話……

　　「飽(寶)……」范婦人舉手，準備四度拍門之際，冷不防房門忽然開了，站着一個蓬頭垢面，衣衫不整的少男？少女？噢，分不清是男是女，看似十三四歲的年輕人！憑氣味，我 Nona 當然能夠斷定她是個「女」的。

　　「你們兩個吵什麼？我還未睡夠呢！」少女睡眼惺忪，像睜不開似的，簡直是被寵壞了的「寶貝」！這也難怪，姓范夫婦，老來得女，當然視之為掌上明珠。

　　「是，是，睡夠了，睡夠了，剪(警)察叔叔來查案，你還要上學呢！」范婦人哄着她說。

　　「這位是……」陳 Sir 問道。

「她是我們的女兒范飽(寶)。」范婦人說。

「請你出來,我們要入房調查。」

「不!」冷不防少女一個轉身,「砰」的一聲,關了房門,旋即上了鎖!

「看!你蔗(隻)狗嚇壞了我家飽飽(寶寶)!」范婦人像瘋了似的大叫起來。

「汪汪」,我 Nona 露娜輕輕叫了兩聲,在房門前坐下來。

陳 Sir 知道我有發現,覺得事態嚴重,立即向上司報告。

才大約五分鐘後,范家電話響起來,范男跑出客廳接聽:「范大公館。」

五百呎的范大公館?我們差點沒給他笑死。

「什麼什麼?我家寶貝,坐在窗前?」范男子接到管理處電話,對着范婦人大叫起來。

「飽飽(寶寶),快開門,不要嚇死媽媽呀!」范婦人一邊用力拍門,一邊哭喊道。

「我要告你!逼人跳樓!」范生漲紅了臉,指着陳 Sir 大罵。

「你不要激動,你一激動,會刺激你家范寶,她一時衝動,怕會做出傻事。」陳 Sir 一邊勸諭范生范

太冷靜，一邊撥電通知消防局，如果不塞車，消防車應該在七分鐘內抵達樓下，十分鐘內便能鋪好軟墊，談判專家也正趕來。

一件可能是家中偷竊案，忽然轉為企圖自殺案！

少年「偷竊疑犯」忽然變成要自殺的弱者！

查案的警察忽然變成逼人跳樓的被告！

人類社會就有如此荒謬、離奇怪誕的事！

「咿嗚咿嗚……」消防車到了！

擾攘之際，房門忽然打開了，范家寶貝已經換好校服裙，整理好蓬鬆短髮，正經少女一個，出現在大家眼前：

「請讓開，我要上學去。」她竟然有禮貌地説。

「你要協助查案，暫時不能離開。」陳Sir阻止她。

「你們聽好了，是警察不許我上學的。」原來是個奸狡少女，邊說邊向前衝，表現出她性格強悍。

我亦步亦趨，緊緊跟着她。

「哇，我怕狗的呀，叫隻狗走開呀……」范寶見到我緊跟着她，大哭大叫起來，又扮演弱者了。

「喂，阿蛇（Sir），你蔗（隻）狗嚇壞了我家飽飽（寶寶）呀……」范太跳起來，指着陳Sir歇斯底里地叫道，難怪她的女兒性格古怪！

「喂，阿 Sir 阿 Sir，快快扯走，那頭衰狗！」范笙攔在他那寶貝前面，漲紅臉扯大嗓門叫道，我 Nona 露娜擔心他過於激動，忽然中風，那便不妙了。看來兩位范老，要誓死保護女兒。

范寶那小丫頭在爸媽身後偷笑。

唉，現在的孩子，真可怕，小覷不得。

但是，這些孩子也縱容不得，我 Nona 露娜在她身上嗅到犯罪的氣味！

我不理會兩位范老的反應，在范寶跟前坐下。

陳 Sir 看在眼內，知道這顆高齡父母的掌上明珠，身上帶着犯罪的印記，絕不簡單。

「OK，Nona，UP！我知道了。」陳 Sir 拍拍我的頭，我站起來，貼在他身旁站立。

「小妹妹，給我看看你的書包，唏，名牌貨來的。」我 Nona 露娜當然也嗅到她的書包是名貴皮革貨。

「你也懂名牌？不過，你沒權搜我的書包！我有人權！」范寶一臉倔強，挑戰警權。

小傢伙，才十三歲吧！好不厲害！

「范先生、范太，你們自己看看她的書包，有沒有你們報失的東西吧。」

哎吔吔，傻子陳 Sir，東西一定不在她的書包，她那麼狡猾，哪會把東西放書包，讓你搜查？我用力挨着陳 Sir，暗中要推他到范寶的房中。

「哼，你沒有搜查令，可以搜我的房間嗎？」少女范寶一定看慣警匪片、偵探片，果然有「通識」。

「讓爸媽看看好嗎？」范太陪笑問，哄着小女孩。

「你們是怎樣當爸媽的？幫着別人來欺負自己的女兒！簡直是老糊塗！老糊塗！老糊塗！」范寶大發脾氣，兩范也就不敢造次。

「誰也不准走進我的房間！搜？搜什麼？有什麼好搜！要搜，搜工人房吧！她的嫌疑最大，我是這裏的主人，別把我當做賊！」少女范寶反身，「咔嚓」一聲，又把房門鎖上，據樓下目擊者說，她再次坐在窗邊……

事情就這樣僵着。

一隊增援兄弟趕到。

看，一個十三歲少女，搞得滿街風雨，一隊警察、一隊消防員、一輛警車、兩輛消防車、一輛救護車、一隊救護員、一個談判專家和一個編組（指陳 Sir 和我 Nona 露娜）！

談判專家來了，年輕好看的小伙子，他輕輕敲着

少女的房門，柔聲地說：「我是談判專家，來幫你的。你出來客廳，我們見見面，好嗎？」

「我不要見你！」房中少女吼叫道。

「這是我的名片。」談判專家從門縫下放進印有照片的名片。

門內，有腳步聲移近，想是少女范寶離開窗戶，走近門邊，唉，英俊有型始終易得女孩好感。

沉默了一會兒，范寶提出條件：「叫那隻狗離開。」

警長點頭，示意陳 Sir 和我 Nona 露娜先行離開。

真氣死犬了，贓物分明就在房中！我十分不情願地跟着陳 Sir 下樓去。

我們去到大街上，我的犬鼻忽然吠到熟悉的氣味！

就在救生墊的旁邊，有一小包好像糖果的東西，就是它了！

仔細一嗅，果然是糖衣毒品 K 仔！小包上散發出的氣味，跟少女范寶身上的、體內透出的氣味相同。在樓上我就嗅出來，少女范寶身上，除了她自己獨特的人體氣味外，她的體內還流着混和毒品的血！

她是吸毒少女，才十三歲哩！

陳 Sir 立即用電話通知樓上警長，說單位附近的街上發現毒品，估計是被人從樓上拋到街上的。

「Nona，SEARCH ！」我 Nona 露娜循着毒品氣味和膠袋上附着的人體氣味，一味追蹤，入電梯，上樓梯，逐層嗅索，赫！又回到十三樓，回到「范大公館」。

我猜想：少女范寶使聰明，將毒品丟到街上，以免被搜出，還佯作跳樓，轉移眾人注意力。

既無毒品，她為什麼還要阻止陳 Sir 搜查房間和書包呢？

那邊廂，談判專家哄得少女范寶開了房門，讓兄弟入房搜查。她好像胸有成竹，知道我們不會搜到什麼，查到什麼。之前的阻擾，是虛張聲勢、無理取鬧罷了。

陳 Sir 和我 Nona 露娜再上「范大公館」。

「Nona，SEARCH ！」

我 Nona 循着氣味，一直走入少女范寶的房間，K 仔氣味在牀上、在桌上、在抽屜，好像無處不在，最後在窗邊，看來，K 仔確實曾經被帶入在房中，但也在房中消失。

我繼續嗅索，在衣櫃前停了下來，陳 Sir 立即會

意，打開衣櫃門，我逐一聞嗅，鎖定其中一件牛仔外套，咬住衣袖，陳 Sir 取下，在牛仔外套內袋中，發現……四張一百元鈔票。

「范先生、范太，請你們看看四張一百元鈔票。」

「號碼正確，是報失的四張百元鈔票。」范笙說道，有點失落。

范太紅着眼，強忍眼淚，對兄弟們說：「不，這四張一百元，是我們給她的。」

「那你們豈非報假案？報假案可是刑事案，可以入罪的。」警長提醒范太。

「我在家中拿錢，怎麼算偷？還有，他們報假案，可不關我的事，要拉人，拉他們好了。」賊喊捉賊的少女冷冷地說。

如此是非不分、忤逆反叛、冷酷無良的少女，你們見過嗎？

第二章　少女賊阿媽

「這是你的？」警長帶着手套，拈着 K 仔小膠袋問范寶。

「不，你們插贓嫁禍！」少女漲紅了臉，狡辯道。

我 Nona 露娜坐在范寶前面，這是發現毒品氣味的信號，即使她身上沒藏毒品，但只要她是個吸毒者，身上流着毒血，我們也嗅得到。

這就是警犬鼻子的厲害，學校説什麼驗尿驗頭髮，可説老土落後，費時失事，兼且引起糾紛多多。

「請你到警署協助調查。」警長帶同一干人等和證物下樓。

樓下站滿圍觀市民，好奇是人類的天性，尤其是愛看熱鬧的香港人的本性。

「要用紙袋蓋頭嗎？」范婦人問女兒，卻換來一頓搶白。

「蓋頭蓋頭，蓋你個頭，最可憎的就是你兩人，又老又不用腦，報警報警，報什麼警！弄到這個地步！臉，全給你們丟了，叫我以後怎見人？！」少女

歇斯底里地大叫大哭道。

眾兄弟人人暗暗搖頭，典型的寵壞了的香港少女。後來，在警署中，我 Nona 露娜聽到兄弟姊妹們有的說：「幸好她不是我的女兒。」

未結婚的市民則說：「幸好她不是我的女朋友。」

警犬老爸知道這件事，歎息道：「這女孩子真糊塗，做了毒品的犧牲品，毒品害人，把她弄得性情乖戾，冷酷自私，六親不認，容易犯罪，自我形象低落，十三歲的她，其實是並不快樂的。」

我 Nona 露娜身為母親，也覺得心中惆悵，她才十三歲，我卻要將她捉拿歸案，對她的前途和心理，當然有一定影響，但願她「苦海無邊，回頭是岸，重建她光明的未來，美好的人生。」我依偎在警犬老爸和球 Sir 忠仔身旁，默默為她祝福。

「簡直不是人！」球 Sir 帶着我 Nona 露娜的兒子十三少 Epson 阿爽，怒氣沖沖的出現，他倆剛從元朗警署下班，回到沙嶺警犬訓練學校，一看見我們，便咬牙切齒地說。*

---

*有關 Nona 露娜的兒子十三少 Epson 阿爽的出生和受訓的故事，請看《特警部隊 2・伙記出更》及《特警部隊 3・搜爆三犬子》。

原來，Epson 阿爽跟隨球 Sir 到元朗巡邏「行 beat*」，在俊賢坊商場目睹一幕鬧劇。

一個年約十五歲少女背着大手袋，抱着一個年約一歲、背着小小背囊的女嬰，慌張惶急的奔跑，走向扶手電梯，後面一個壯年男人緊緊追趕，雙手伸前，好像要捉住，甚至追打前面惶恐、奔逃的手抱嬰孩的少女，追趕男口中還大叫道：「喂，你不要走！給我站住！」

我們猜想：球 Sir 口中的「不是人」，就是那個「追女男」。

什麼事？

打女？

打老婆？

少女拐走女嬰？

非禮不成，因而發惡？

「喂，男人不要打女孩！不管你打女，還是打老婆！」有目擊的女街坊忍不住了，大叫道。

「那女孩子還抱着 BB，這樣追趕很危險呀！停止！Stop！」男街坊喝道。

追趕男不理會街坊的喝斥，追下扶手電梯，一手

* 行 beat：警察到街上巡邏。

捉住少女衣袖，手抱女嬰的少女扭動身體，拚命掙扎。就在這時候，「呀！救命呀！」只聽見那少女大叫救命，抱着女嬰，一起滾下扶手電梯，半途中，女嬰被脫手飛出……球 Sir 見狀，一個箭步衝前，想接住女嬰，但是，太遲了，他接不住，女嬰正迅速下墜，頭下腳上……

在這危急關頭，好一頭 Epson 阿爽，飛身撲前，在女嬰頭部快要着地的刹那，用嘴銜住嬰孩的衣領，將她向上拉，保護了她的頭部不跌撞地面，亦不碰到扶手電梯，球 Sir 亦同時伸手，扶住少女，阻止她的身體壓在 Epson 阿爽和女嬰身上。

全場掌聲雷動。

「嘩！警犬身手不凡！」

「阿 Sir，好身手！」

「哎吔唔唔……」也有的被嚇得説不出話來。

「這個禽獸，不但打人，還推人跌下電梯！」更有的破口大罵那個追逐少女的男子。

「簡直不是人！」兄弟們聽後，也義憤填膺，眾口一詞譴責。

「汪汪，你們到底説誰不是人？又知不知道誰不是人？」Epson 阿爽忍不住吠叫道。

「咦，連 Epson 也插嘴要説話，這一定是個有趣的故事。」警犬老爸笑呵呵道。

事情真相呢？

球 Sir 和 Epson 阿爽在元朗街上巡邏行 beat，忽然接到通知，俊賢坊商場有個發瘋的男人追襲一個手抱嬰孩的少女。

球 Sir 和 Epson 阿爽迅速趕到現場，果然目擊一個男人追逐一個手抱嬰孩的少女，聽到街坊斥罵，也剛好看到少女抱着女嬰滾下扶手電梯的一幕，結果演出了警察和警犬合力救人的英雄劇。

電梯上面站着一個中年男人，他順電梯梯級走下來，要捉住那個滾下電梯的少女。他的左手顯然受了傷，是扭傷的，十多個街坊立即走上前，圍攏着他，生怕他再動粗似的。有些還指着他斥罵着：

「你不要打人！」

「你不要走！」

「身為男人，大隻強壯，竟然打女人，還是女孩子，你知不知羞？」

「我是保安，我捉賊呀！」

「你講大話，這裏誰是賊？你説！」

「你講大話，難道你指這女孩子是賊？」

「你，講大話，怎會有人抱着嬰孩做賊的？」

「你—講—大—話，她是你什麼人？女兒嗎？當街打女，已經丟臉，還推她跌下扶手樓梯，下流！」

真好笑，「你講大話」這金句，什麼時候成了香港人的口頭禪？眾口一詞，追女男百口莫辯，只能用雙眼狠狠盯着滾下電梯跌坐地上的少女。

球 Sir 先觀察少女傷勢，年青少女坐在地上，用一隻手從球 Sir 手上接過嬰孩，另一隻手緊緊摟着大手袋。少女報稱腰部扭傷，動彈不得；女嬰手背上亦有點擦損，在少女懷中哇哇痛哭。圍觀者又七嘴八舌：「真可憐，被那可惡男人打成這樣。」

「如果他是你爸爸，就告他虐待兒童吧。」

「他是你老公嗎？沒可能，你不過是一個孩子！」

「嘖嘖嘖，沒可能，你那麼年輕，他那麼老，沒可能是你老公，一定是色狼，告他非禮和傷人吧！」

少女瞥見有些途人正用手機拍攝她，趕緊低着頭，摟着女嬰，把臉埋在她背後，讓孩子面對鏡頭。

「不好了，看，BB 手上淌着血，好痛耶。」一個用手機拍着近鏡的男人說。

女嬰被摟着臉對鏡頭，「咔嚓咔嚓」，嚇得她更哇哇大哭了。

球 Sir 命令 Epson 阿爽：「Epson，SIT！」

這時候，Epson 阿爽卻不聽命令，反而走到女嬰背後，仔細嗅索她的背囊，最後像有所決定似的，在女嬰前面坐了下來。女嬰的哭聲更震天了。

球 Sir 心中一凜，他害怕事情會發展到 Epson 阿爽所暗示的地步。

有人大叫道：「阿 Sir，叫這隻狗走開呀，想嚇死 BB 麼？」

警犬神勇，高大嘴黑牙尖，見者當然害怕三分，更何況是一個嬰孩？

Epson 阿爽，跟他的好朋友 Baggio 小巴一樣早有前科，見女孩子便高興，色迷迷地愛親近，被笑謔是「鹹濕犬」。

Epson 阿爽在少女和女嬰跟前坐下。

他，是要親近她？還是要對付她？一時之間，球 Sir 也弄不清楚。

但球 Sir 看到今次 Epson 阿爽是認真的，他不動聲色，準備隨機應變。

這時，圍觀者似乎害怕 Epson 阿爽，知情識趣地退開，有人仍忍不住提醒球 Sir，大叫道：「阿 Sir，是男人打女人呀，捉那男人啦。」

奇怪的是，「追趕男」卻不離開，反而緊緊盯着少女，像擔心她會逃跑似的。

球 Sir 電話召喚救傷車之後，便向受傷少女問話。

「發生什麼事？你為什麼會被人追趕？」

少女低頭啜泣，她的眼淚，贏得旁觀者的同情，一位大嬸「仗義」道：「阿 Sir，不用多問了，這女孩和 BB，被她那個無良男人虐打，狂追幾條街，還推她倆跌下電梯！你看，多殘忍！多恐怖！」

「之前又發生過什麼事？」球 Sir 問旁觀者道。

「這少女和 BB，被那個男人追到走投無路，滾下電梯的！」一位「目擊者」說。

「不，正確點說，那個男人推這少女和 BB 跌下電梯！」另一位「目擊者」說。

球 Sir 覺得奇怪，同樣都是「目擊者」，怎麼看見的東西會這樣的不同？

少女一直不說話，球 Sir 轉而向站在一旁，滿面委屈手部受傷的追趕男問話，竟然聽到另一個故事：

「我是萬記藥房的便衣保安，那個女子抱着嬰孩，用嬰孩做掩護，在藥房的貨架上拿了好一些東西，沒付錢便離開，我在拉麵店外將她攔截，怎知她拚命逃跑，我在扶手電梯前捉到她，她卻死命掙扎，自己

跌下電梯受傷。阿 Sir，我真的沒有推她。」

街坊又議論紛紛了：

「哦，原來是保安捉賊……」有些人恍然大悟了。

「保安捉賊又怎樣？保安便了不起嗎？」有些人好像誓要鋤強扶弱。

「就算捉賊，也不用推人落電梯吧，阿 Sir，這叫謀殺！」有些人就是愛挺身而出。

「你看，連 BB 也不放過，簡直是無良保安！」有些人湊熱鬧來一招路見不平。

「保安以為自己是警察？！有權捉賊？」

保安不捉賊？要保安做什麼？球 Sir 為之氣結，瞪了他一眼，卻又不便當眾指正他。

「拿身分證出來登記。」球 Sir 對少女說。身分證上，年輕女子的名字是毛芷。

「毛芷，這嬰孩是你的什麼人？」

「我……阿 Sir，我的腰好痛……」毛芷不直接回答問題。

「救護車很快就到，忍耐點。先告訴我，毛芷，這嬰孩是你的什麼人？」球 Sir 當然不會讓她顧左右而言他。只見她說話時神情閃縮，球 Sir 心生懷疑。

「我……阿 Sir，她是我……」毛芷低聲說。

「唪，她是你妹妹，是嗎？痛得說不出話了嗎？」一位大嬸護着她說。

就在這時候，另一個擠進人羣內的婦人，一看見少女的樣子，立即聲調高八度地說：「哎吔，阿芷，怎的抱着女兒跌成這樣？」

「這小孩是你的女兒？你才十五歲！」球 Sir 也覺得驚訝。

「孩子一歲，她即是十四歲生子？太早了吧？」街坊又熱哄哄地討論起來，毛芷的頭垂得更低了。十四歲生子，哪會是光彩的事？！

「未成年少女生子？噢，我的天！」

「帶着女兒偷東西，做壞榜樣呢！」

「原來是賊阿媽，枉我剛才還護着你！我呸！」

「或者她已經申請了商場贊助費吧……」一個街坊謔笑着說。街坊改變態度，說變就變，說話一百八十度轉變，再沒有人表示同情少女了。

看來，未成年生子，未婚生子，是無知的，甚至是愚蠢的，在中國人為主要人口的香港社會，是不被接受的。

而且，做賊偷東西，是犯法的，香港人也不會認同的。始終，中國人一向講禮義廉恥，堅忍自強，自

力更生。

「唉，這女子，今年才十五歲，卻是一個一歲嬰孩的媽媽，未婚生女，連孩子的爸爸是誰也不清楚，你說，這是一個怎樣的社會呢？沒有能力掙錢養女，綜緩又不夠她用，就只好去偷囉，政府一定要加綜緩才是。」綜緩街坊談綜緩，似是而非。

「她最無良是用 BB 作掩飾。只怕孩子將來有樣學樣，以為在市場可以隨便拿東西不用付錢。」

毛芷一直低頭不說話，救護車來了，她和女嬰及保安大叔等一干人被帶上救護車和警車。

救護車上，球 Sir 問保安大叔：「你看見她偷了什麼？」

「她隨手將麥片、奶粉、嬰兒罐頭、牙膏……什麼都拿一點，還有幾盒靈芝粉和一盒牙線，放進大袋子中，然後施施然離開藥房……」少女的一舉一動，保安大叔全看在眼。

「我不抓她，要被炒魷魚的，甚至要我自己掏錢補貼，我要養家的。」盡忠職守的保安大叔一臉委屈地說。

唉，保安大叔月入八千，掙最低工資，要他賠個一千幾百，可說是要他的命，如果他有租要交，有子

女要養，有學費雜費要付，有老人家要醫病的話……

　　警車上，球 Sir 緊記 Epson 阿爽的示意，搜查嬰孩的小背囊，在小背囊中，果然讓他搜到幾包看似糖果的毒丸子「藍精靈」。

　　警署內，警察兄弟翻查從萬記藥房取來的錄影片，發現這少女抱着女嬰到商場偷竊，並不是第一次，警方覺得有必要申請搜查令，到她家中搜查，結果，發現滿屋堆滿「貨品」，超乎合理的數量，她也拿不出單據來，證明東西是自己用錢購買的。

　　最令兄弟詫異的是在她家中搜出幾個名牌手袋，其中還有售價高達二十多萬的頂級貴手袋！

　　名貴手袋從哪來，毛芷激動地說：「是我自己掙錢買來的。掙錢買自己喜歡的東西有罪嗎？」

　　「你做什麼工作掙這麼多錢？單就這個奢侈的手袋，最少要二十萬吧？」

　　毛芷激憤地說：「是我自己援交掙錢買來的。援交有罪嗎？買自己喜歡的東西有罪嗎？」

　　「買自己喜歡的東西當然沒有罪，但未成年少女援交掙錢則是犯法的。」

　　「那些大人都是這樣哩，我只不過年紀比較小吧，有什麼罪？你們不可以拘禁我。」

「你還在藥房偷竊呢，還說自己沒犯罪？」

用自己的身體去換取「喜歡」的東西，還愛順手牽羊偷東西，少女毛芷真的以為自己做得沒錯？

毛芷，一個也算可憐的女孩，在她七歲時，爸爸毛良拋棄了她的媽媽、哥哥毛德和她，跟他的情婦遠走高飛，從此再沒有音信；她的媽媽老珍苦苦掙扎，含辛茹苦，想靠一己之力養大她兄妹，最後，實在鬥不過殘酷的現實，昂貴的租金和養兒育女的生活費，她首先將哥哥毛德帶回鄉間，交給外婆；在第二年，即毛芷九歲那一年的某一天，她對毛芷說帶她去遊樂場玩，又買了新裙子給她，又給她吃最貴的雪糕，然後騙她說要上洗手間，叫她先在旋轉木馬旁排隊等她，然後……便人間蒸發……

多殘忍的媽媽！她是人嗎？

九歲的小女孩毛芷，孤伶伶地在遊樂場中，號啕大哭，哭得老天爺也看不過眼，面色一沉，天色轉黑；再來一陣風，狂掃地上落葉；接着灑下淚，痛哭的淚水傾倒在大地上，在九歲的小女孩毛芷身上……

好心的路人報了警，警方找到了她在香港的舅舅，舅舅來了警署領了她。

舅舅做泥水工人，收入不多，子女卻一大羣，舅

母整天罵人打人，把她當小傭人，還愛拿她來出氣，打她、罵她道：「你毛芷的爸最無恥，拋妻棄女無人性；你毛芷的媽亦無恥，水性楊花無德性，你呀毛芷，也是無恥的人，白吃白喝無品性……」

九歲的毛芷，寄住別人家中，就像灰姑娘，只有痛哭，痛哭，再痛哭……

毛芷漸漸長大了，因為要向舅舅一家示威，十二歲那年開始，她決定出賣自己最珍貴的身體，做了援交少女，掙取真金白銀，有時，還懂得要客人送她心愛的東西……結果，搞出「人命」，不能上學，也不能外出工作，少女毛芷自此跌進了另一個痛苦深淵。

毛芷有罪嗎？

社會，該如何對待她？

法律，該怎樣懲罰她？

逮捕她的球 Sir 心情不好過，輕輕撫摸着坐在他身邊的 Epson 阿爽，重重地歎了口氣：「唉！唉！」

擒賊有功的 Epson 阿爽內心也感到戚戚然，頭放在前腿上，垂頭耷耳。

眾兄弟手足眼睜睜看着少年沉淪，但我們，除了逮捕他們，又能做些什麼呢？

老天爺，你說吧。

第三章　怪胎復仇記

今天，警犬訓練學校來了不速之客。

一頭少女狗，邋遢，全身散發着臭味，骨瘦如柴，鼻頭乾裂，身上還沾着乾硬的泥漬和血塊，但是，請看清楚，她其實長得很漂亮，一雙直挺的大耳朵，像雷達般掛在頭上，一看便知是一對超靈敏的好耳；一雙炯炯有神的眼睛，透露着機智與勇氣，從來就是人不可以貌相，犬和狗，也不可以單靠外表去判斷優與劣。

她昂首闊步，神態自若地走進警犬訓練學校的大門，警犬老爸看見了她，完全沒有驅趕她的意思，還若無其事地讓她跟着他走，走到大校場。

「她怎麼了？摔傷的？還是打架受傷的呢？」我Nona 露娜心中暗忖。

她，來到我們的地頭，見到一眾正在上課的警犬，毫不怯懦，還擺出一副冷傲的樣子，既不搖尾表示友好；也無意打個招呼，認識朋友；可她亦不吠叫，顯示來意；更奇怪的是，她也不像其他流浪狗般肆意高

空射尿，霸佔地盤。

她是誰？

從哪來？

她想怎樣？

一眾警犬見到她，覺得好奇，紛紛問道：

「汪，你是誰？」

「……」

「汪，你叫什麼名字？」

「……」

「汪，你是從哪來的？」

「……」

「汪，你怎樣來的？你想怎樣？」

「……」

她一概不作答，把頭高高昂起，鼻子翹起，一副不可一世的樣子。

「汪汪，你聽不聽到我們跟你說話？」

「……」

她別過頭去，不理會我們，大家拿她沒辦法，只好暗中叫她：「怪胎！」

警犬老爸從側面走近她，雙眼不和她直視，藉以向她表示禮貌的接觸，先了解她並無不安和惡意，隨

即輕輕翻看她的耳朵，摸摸她的鼻頭，甚至掰開她的嘴巴，看她的牙齒。警犬老爸，您老人家也太大膽子了，您難道不怕她突然翻臉無情，噬將過來？

你們看，她對警犬老爸，溫純如羔羊；任由撫摸處置，警犬老爸和她，儼如舊知交，老相識！

警犬老爸說：「你看牠，體形中等，肌肉勻稱，骨骼結實，雖然是女孩子，但目光如鷹，威風凜凜，眉宇之間，有一股難以形容的英氣。還有，牠的額頭中間總是擠着幾條皺紋，我看牠心思細密，性格也是有棱有角，絕對忠於主人，唔，經過訓練，牠將會是一頭機警、英勇、忠心盡責的警犬。哈，還可以用來配種，孕育出本地的優良下一代，節省公帑。」警犬老爸簡直對牠着迷，讚不絕口。

「汪汪，汪汪，有什麼了不起，有什麼了不起，我泰臣我泰臣，就是威風凜凜，威風凜凜，忠於主人，忠於主人。」*

讀者們，你們還記得他麼？說話永遠疊句的洛威拿警犬大叔 Tyson 泰臣，他因為追求我不遂，常常表現忿忿不平的情緒，說話總是愛自詡，表現自己。

*有關洛威拿警犬大叔泰臣的故事，請看《特警部隊 1 · 走進人間道》。

41

看那不速之客，對警犬老爸亦步亦趨，就像認定了警犬老爸是老大一樣，畢恭畢敬，跟隨在側，連對警犬老爸的警察兄弟和人類朋友也都一副敬重有加的樣子。

警犬老爸會收留這怪胎做門生嗎？

「來，我給你洗個澡，再帶你去見見梁醫官。」警犬老爸說。「汪汪，哈哈，恭喜你！真的要恭喜你！」一眾小犬異口同聲轟笑道。

怪胎木無表情，看來怪胎自少流浪，從未見過獸醫，沒接受過狗隻身體檢查和防疫注射，當然更不明白梁醫官代表什麼，我們眾警犬，一聽到梁醫官三個字，犬犬心中凜然害怕，腦中隨着出現那位白衣魔頭，一身的白色，有冰冷的牀，揪耳朵、掀嘴巴、拉舌頭、扯尾巴、插肛門、翻皮毛、刺毒針的痛苦影像。這番想像，已足以令犬犬震慄不已，全身發抖。

真的，怪胎會通過白衣魔頭梁醫官的檢查嗎？警犬老爸會收留這怪胎做門生嗎？

一眾警犬圍攏着，看警犬老爸親自替怪胎洗澡：

先用水把她淋濕，再下皂液，在她身上搓揉，你看她，高高仰起頭，閉着眼，一副舒適痛快的樣子，惹得小犬們汪汪吵鬧，叫道：

「汪汪，我要我要，我也要洗澡哇！」

「看你有多髒多臭！早就該洗洗哩！」警犬老爸慈愛地說。看那怪胎，後腳不聽使喚的抽動，「噗」地腿一軟，一屁股坐到地上。

「汪汪汪，哈哈哈！」

「洗完了，舒服嗎？哈哈！」警犬老爸用毛巾替她抹拭身體，怪胎竟然用舌頭舔老爸。噢，老爸臣服了她！

怪胎「噗」地站起來，奮力扭動身體，弄走身上剩餘的水珠。

「來，去見梁醫官。」警犬老爸拍拍怪胎的背說。

我們當然跟着去看熱鬧，好欣賞她飽受折磨。

「汪，喂喂，你幹什麼？」哈，終於聽到怪胎的聲音了。

「汪，哇，你揪什麼？耳朵好痛……」開始了，開始了，先揪耳朵。

「你看，牠的頭骨大而堅固，吻部緊實而短，鼻樑、耳朵挺直……」是梁醫官的聲音。

「汪，哎吔，這是什麼？好涼冰冰的……」看來，是聽筒的檢查。

「牠的胸深而肋骨發達，四肢結實而美好……」

「汪，哎吔，不要……痛死了……」唷唷，用火酒塗洗傷口了……

「這些傷口，是打架的結果，看來牠性格要強好勝，要力保領導的地位……」

「汪，住手，喔……」好哇，作不得聲，拉舌頭了，拉舌頭了……

「你不怕牠野性難馴麼？」

「汪，哎吔，你扯什麼呀，你……」哈哈，扯尾巴了，扯尾巴了……

「雖然牠是流浪狗，幸好沒有寄生蟲……」

「汪，喂呀，你插什麼呀，你……」哎吔吔，痛唄，插肛門了，插肛門了……

「汪，哎吔，你刺什麼呀，你……」刺毒針了，刺毒針了，看你害怕不？

「汪，哎吔，你又刺……」一支、兩支……簡直要你的命吧！怪胎在醫療室每慘叫一聲，眾警犬在外便哄笑一團，旁述一番。

哼，高傲得不可一世？

「噗」的一聲，醫療室的門開了，我們還聽到怪胎悻悻然，說了最後一句話：「汪，這……這……簡直是大恥辱……那白衣魔頭……」

唉，去到醫療室，見到梁醫官，你還想有尊嚴嗎？

「應該收編這頭流浪狗嗎？」眾警官一直在討論這個問題。

這期間，警犬老爸還嘗試讓她和我們一起受訓。

怪胎自有她「怪胎」的本色，她本來就是一頭流浪狗，論年齡，她只是一頭少女狗，但因為自少流浪，沒有主人教養，所以不羈；為了生存，所以強悍，能以弱制強，也欺凌弱小，這些本性，難免會逐一顯露。而她最痛恨的，就是讓人瞧不起。

怪胎自把自為，霸佔着校場旁邊一個矮土墩，坐在上面，背着圍牆，面向校場，一雙如鷹的犬眼，牢牢盯着場內一舉一動，這分明是守衞盤地的行動。微風送來尿液的氣味，看來，她已經在土墩下撒尿，要「霸佔」地盤了！

這是警犬訓練學校，她一頭外來狗，身分不明，憑什麼佔地揚威？我們當然不服氣。

「你，夠狗膽，居然在我的地盤上撒尿！」

「鬈毛長耳的，別不知好歹！」怪胎尾巴抖抖的翹得老高，擺明挑釁。怪胎洗完了澡，精神爽利了，開口說話了，罵的是「搜爆一哥」Jeffrey 大飛。

「你如果聰明的話，就快讓開！」誰都知道，矮

土墩是 Jeffrey 大飛哥閒來曬太陽的地方。

「汪汪汪」怪胎的聲音由低鳴轉為怒吼，尾巴垂下，背脊毛髮豎起，皺起鼻頭，露出了前排尖牙，只要她縱身一躍，一場戰鬥就會開始。

搜爆一哥 Jeffrey 大飛脾氣不好，但機靈老練，個性也陰險，深明好男不與惡女鬥，以免一有損失，在同袍面前丟臉的道理。*

一眾警犬不喜歡 Jeffrey 大飛的囂張跋扈，但更不喜歡怪胎的目中無犬，不接受怪胎不知規矩，沒大沒小的，大家決定要一致──

「冷落怪胎」！

「孤立怪胎」！

「詛咒怪胎」！

大家決定冷落她，孤立她，不理睬她，不和她説話，也不許任何犬接近她，更不會讓她有機會參加犬科最愛玩的追球遊戲。

「怪胎！」

「怪胎！」

「怪胎！」

……

*有關搜爆一哥 *Jeffrey* 大飛的故事，請看《特警部隊 3．搜爆三犬子》。

大家就是這樣的稱呼她、揶揄她，表示鄙視。

怪胎若無其事，對大家叫她的諢名置若罔聞，繼續以奇怪的、不清不楚的身分，在犬校走動，兄弟們還不時安排她參加訓練活動，氣得眾犬忿忿不平。

不平歸不平，但每天下課，回到犬舍，都有一頓好吃的，就是最大的安慰。

但忽然的這一天，Jeffrey 大飛和 Tyson 泰臣發現他們的飯兜內空空如也，食物全失！

但 Jeffrey 大飛的 Madam 周和 Tyson 泰臣的姚 Sir 並沒察覺，帶他們回犬舍後匆匆上好了閘栓，轉身便離去。「汪，喂，兄弟，今天吃的呢？汪汪汪！」

可恨的是姊妹和兄弟反而頭也不回地說：「不要吵，安靜吃飯。」

眼睜睜看着 Madam 周和姚 Sir 走遠了。Jeffrey 大飛和 Tyson 泰臣氣得「汪汪」叫，可惜沒人理會。

牆角，傳來怪胎「嘿嘿」的笑聲。

到稍晚的時間，Madam 周和姚 Sir 回來收拾盤子，看見飯兜內食物被吃完，還稱讚他們說：「真乖！吃得又快又乾淨。」

肚子空空的，Jeffrey 大飛和 Tyson 泰臣有口難言，氣得嚶嚶低號，發出悲鳴的肚餓信號，卻換來兄弟一

句：「沒有哇，吃得太飽，壞了肚子，怎樣出更？肚子胖了一圈呢，又怎樣捉賊？不要貪吃了，睡吧！」

「哎吔，汪汪，兄弟呀，食物不見了，我們肚餓呀！怎睡得着覺呀？」

第二天，輪到黑金剛洛威拿犬 Lok Lok 樂樂、拉布拉多獵犬 Owen 奧雲和 Tango 彈高，這「黑煞三王子」的飯兜空空如也。

「黑煞三王子」是出名的戰鬥格，誰跟他們打鬥，都難佔上風，誰有膽偷去他們的食物？

「黑煞三王子」氣得咬牙切齒，立誓説：

「讓我們查到是誰做的，我們一定撕開牠！」

咦，他們不是跟怪胎拌過嘴的嗎？

這種事，以前從未發生過⋯⋯我 Nona 露娜心中暗暗有個「疑犯」的假設。

我看，快要輪到 Epson 阿爽和 Baggio 小巴這兩小子遭殃了⋯⋯他們沒真正跟怪胎交鋒，只是曾經吶喊，看來也是容忍不得的。

果然，第三天，就輪到他們挨餓⋯⋯

怪胎復仇？怪胎貪吃，食量大，什麼都吃，我 Nona 露娜猜想她可能趁我們集訓未回營，先去殲滅「仇人」的晚餐，於是我走去問她為什要這樣做。

她直認不諱：「懲罰那些惡舌，嘴不乾淨，還吃什麼？」難為她的肚皮，一次怎裝得下幾盤犬糧？

她精力奇盛，整天奔跑，什麼都追，四條腿總停不下來，校場上出現什麼，天上雀鳥、樹上蝴蝶、空中落葉、地上蟑螂⋯⋯她都狂逗一番，如此費勁，當然要吃多點。

她最厲害的一手是追蟑螂，一見到蟑螂，會先下警告：「小強，嗨，你不要跑，我來捉你！」

哼，如果學她般捉賊先下警告，賊匪早已逃之夭夭了！可笑的是先下警告，蟑螂還是跑不了，狗爪一出，先將蟑螂肚皮反轉，再慢慢逗弄⋯⋯

警犬老爸終於發現，警犬近來特別煩躁，晚上睡不安寧，發出低鳴，警犬老爸心中納罕：

「最近又沒有行雷閃電等令警犬躁動不安的情況出現，小犬們為什麼表現異常呢？」

我們知道真相，但犬跟人言語不通，可是怎樣通知警犬老爸和兄弟，引起他們注意怪胎呢？

犬狗間尚且難以溝通，更何況犬跟人呢？

「警犬的躁動，好像由流浪狗到來後開始。」第一個發現問題的是Jeffrey大飛的領犬員 Madam 周，這個當然，Jeffrey大飛是最先挑釁怪胎的。

討論到後來，仍然沒有結論。

這一天黃昏，警犬老爸帶着我 Nona 露娜在犬校散步，空氣中送來怪胎的氣味，抬鼻一索，就鎖定了犬舍的方向，我用犬牙扯着警犬老爸的褲管，警犬老爸知道我有事相告，跟着我直趨犬舍。

在 Epson 阿爽的犬舍，看到怪胎正狼吞虎嚥，警犬老爸不動聲息，和我在牆角轉角處靜觀怪胎舉動。

接着，只見怪胎走到 Baggio 小巴的犬舍，用前腿頂開扣在閘門上的鎖，走了進去，鯨吞盤中犬食。

怪胎果然心思細密，今天，Epson 阿爽 Baggio 小巴不過取笑過她連小強也追不到的餿事，黃昏，她便依氣味走到二犬的犬舍搗亂。

真相大白，警犬老爸要重新認真考慮怪胎的去留了。這一天，一位南丫島議員來視察警犬訓練學校，無意中看到盤據在土墩上的怪胎。議員住在南丫島上，對島上的人和物都很熟悉。

「咦，這不是南丫島的狗幫幫主嗎？怎的來了這裏？」議員如有大發現般，瞪大眼睛說。

「這麼年輕就做了幫主？以狗齡來看，牠還是少女呢！」警犬老爸嘖嘖稱奇。

南丫島最近出現了神秘「狗殺手」的事，我們早

有所聞。神秘「狗殺手」嫉狗如仇，出沒無常，專門落藥毒狗，島上已經有超過二十隻狗中毒身亡了，有主人的、流浪的，都遭毒手，可沒有人知道「狗殺手」是誰。怪胎聰明強悍，以實力震懾羣狗，成為南丫島上的流浪狗幫主，沒人飼養，但有自己的家族，一向聚族同居，自生自滅，可是在一次毒狗事件中，她的家族慘遭滅絕，只剩下她一犬。

「有人看見牠走上去市區的船，猜牠怕中毒，不敢隨便吃街上的東西，但又實在餓得不能忍耐了，所以離開南丫島，出外覓食吧。」議員說。

「哦，原來是這樣，」警犬老爸恍然大悟，「她也真聰明，不知如何輾轉來到沙嶺，出現在學校門口，讓我發現了，帶了進來。」警犬老爸說道。

啊，真相大白了。怪不得她貪吃，食量大得驚犬，如生了幾個胃，因為她餓得慌了，今天吃了，不保明天還有得吃，只好拚命鯨吞。

怪不得她孤獨、孤僻、沉默如金，因為她沒有親人、沒有朋友，幫主地位一朝喪，深受打擊，覺得什麼人都信不過，甚至懷疑議員就是「狗殺手」。

怪不得她仇恨心那麼重，永遠緊蹙眉頭，以致少女之齡，額頭中間卻露出深深的直紋，因為她的家，

瞬間被滅族，她怎不仇恨滿腔，存心要復仇？來到這裏，得罪她的都是仇人，她要用讓仇人沒得吃來報復。

唉，好笑麼？這報復方式？

可恨麼？這滿腔仇恨的「怪胎」？

可憐麼？這「怪胎」的遭遇？

怪胎真的「怪胎」麼？

聽完了這故事，一眾警犬也不知道今後如何面對她了。只有 Tyson 泰臣，還咬牙切齒地說：「有什麼大不了，有什麼大不了，狗臉歲月，狗臉歲月。」

我 Nona 露娜很理解 Tyson 泰臣，他嫉惡如仇，又仇恨滿腔，永遠看犬看人不順眼，這性格，注定他一生不快樂。

Jeffrey 大飛也加嘴說：「汪，怪胎，怪胎，還是趕走她的好！」唉，Jeffrey 大飛心胸狹窄，只有自己，容不得他人，這性格，也令他一生不快樂。

沒有愛的成長環境和自我養成寬大的心，犬和人，都有可能成為「怪胎」！

到底「怪胎」有沒有名字？

如果有，我 Nona 露娜就不用再稱她「怪胎」了。

第四章　走入學校

身世可憐的「怪胎」去向如何？大家都很想知道。

其實，知道了「怪胎」的不幸遭遇，我們是不是不應該再叫少女狗的她做「怪胎」呢？但是，我們又應該叫她做什麼呢？我們根本不知道她的名字！

「怪胎」來了一個星期，我們也備受困擾一個星期。

有一天，我 Nona 露娜趁着集訓的中段休息時間，走到矮土墩找她。我知道，在我們下午集訓結束前，她便會又失了蹤影——去「大殲滅」了。

其實，當大家知道她不幸的身世後，便再沒有犬去刺激她了，那麼，她又如何決定今天要對付誰呢？

一如既往，原本趴在矮土墩上的她，一看見有什麼物體移動過來，便立即站起來，收縮雙眼瞳孔，表示生氣了，隨時會發動攻擊。她緊緊地盯着我 Nona 露娜，瞳孔繼而擴張，雙眼露出嚴厲的神情，眼睛四周的毛髮豎起，露齒低吼：

「我是這裏的老大，你最好滾開！」

　　她全身繃緊，尾巴高高舉起，是的，她已經準備好戰鬥了，好一副幫主氣焰。

　　我 Nona 露娜從側面靠近她，避免和她直視。直視，對性格強悍的犬科類來說，就是挑釁。但我 Nona 也不把目光移開，只是稍微眨眼，釋出善意，顯示不是來激怒她的；但我也不會低下頭示弱，以免她以為我害怕她，承認她是「老大」。

　　「汪，我是 Nona 露娜，我是來和你做朋友的，OK？」我輕聲溫婉地說道。

　　她並不回答我，直視的眼睛稍微眨了一下，身體重心稍微向後移。

　　機會來了，我 Nona 露娜知道，她的豎髮，她的低吼，只是出於自衛，並不準備出擊，我抓緊機會，對她說：「我是這裏的老差骨了，是十四個孩子的媽媽，我年紀比你大，你不嫌棄我這個姨姨吧？」

　　她仍然沒有作聲，但她先瞪大眼睛，接着逐漸垂下眼瞼，對，她眼型的變化，流露出內心的掙扎。

　　「在這裏生活好嗎？」我 Nona 露娜關心地問道，這時候，她的尾巴變得平舉了，這個姿態表示解除威脅，但她仍然不回答。

　　「你叫什麼名字？」

「你一定有一個很好聽的名字，是嗎？」我 Nona 微笑着，溫柔地問她。

「Honey 蜜糖！」她輕聲答道。

What！ Honey 蜜糖？！

如果我 Nona 露娜正在吃飯的話，一定會笑得噴飯、嗆飯。一頭行為性格古怪得不近人情的「怪胎」，滿腔仇恨的「怪胎」，報仇大過天的老大「怪胎」，竟然有個這樣甜蜜的名字！我 Nona 強忍着笑，對，絕不能讓笑意跑到我臉上。

只見 Honey 蜜糖，微彎了後腿，把身體壓低，尾巴垂下，夾在兩腿之間，噢，她已經放下警戒，但內心仍然有些不安。

我 Nona 露娜猜想，一個名字，久未被提及的名字，Honey 蜜糖，觸動了她心靈深處，掀動了她的情緒，原來，她內心深處，儲藏的不是仇恨，是憂傷。仇恨的外表，只是用來掩飾她內心的空虛。

或者，許久了，她沒有得到真情的關顧、友善的對待，才造成她時刻戒備、懷疑、自衞，甚至喜歡攻擊的性格。

放下敵意，話匣子就容易打開：

「你在這裏生活得好嗎？」

「你們都仇視我，排斥我。」她説時，尾巴末端的毛豎立起來，看來，她的內心真的沮喪極了。

「你別見怪，做警察的總是先入為主，先懷疑後信任。」人人都需要朋友，她也不例外，看來，她開始接受我了。

「你們都叫我『怪胎』！」忽然，她的尾巴又上舉了，背項又挺直了！哎吔吔，她又憤怒了！

我 Nona 露娜心裏叫道「糟糕」，她又情緒激動了，看來「怪胎」這諢名，的確傷了她的心。

「……」

我沉默了，無言以對，原來，大家一個玩笑，已經傷害了對方，種下了仇恨。

仇恨，只能夠用愛來消除。

我 Nona 露娜願意用關心、關愛、關懷和關顧，來換取她的信任。

我正努力思索該説什麼，該做什麼之際，「嗶嗶嗶……」集合的哨子聲響起了，我只好匆匆説一聲：「Honey，對不起，我要去集訓了，遲些再談。」

迎面來了警犬老爸，他的身旁還有一位客人，噢，不，一位我也熟悉的兄弟——莊 Sir！

莊 Sir 曾經是警察兄弟，後來向警隊辭了職，原

因是什麼？

他說：「看見走入迷途的青少年，實在感到心痛，我想為他們做多些事，幫助他們脫離罪惡，抬頭做人。」

於是，他自掏荷包，自費到美國德薩斯州警犬培訓基地修讀一個短期社工訓練課程，回來之後，不再做警察了，而是走入學校，做青少年社工。

今天，他專誠來探我們嗎？

「汪，莊 Sir，你好！」

我 Nona 露娜對莊 Sir 熱情搖尾，表示歡迎，警犬老爸的朋友，當然也是我的朋友，更何況，他原本就是警察兄弟。

「Hello，Nona，許久不見，還是一樣英姿颯颯哩！」莊 Sir 也沒有忘記我，不枉我認他做兄弟。

「Nona，集合了，快去！」警犬老爸催促道，轉身後，我聽到他說，「雖然牠是一頭外來狗，但依我看，牠可是可造之才，你看牠的體形……」

下課回犬舍，沒有再發生晚餐莫名其妙失蹤的怪事，但是，眾犬還是憤恨難平，聽說他們誓要搞些行動，教訓疑兇「怪胎」，我 Nona 露娜自恃犬生經驗豐富，認為小孩子們賭氣，說說洩憤，過一陣子自然

沒事，也不去理會他們。

夜深人靜，兄弟們各自扣好自己的警犬犬舍的閘栓後，便下班回家休息去了，當值大樓那邊的燈也熄滅了。

突然，晚風送來三數聲中等音調的急促吠叫，靈敏的耳朵叫我 Nona 露娜在熟睡中驚醒，這是一個集合的訊號，有犬子在呼叫同伴，準備行動！可惜，睡意迷矇中，我未能夠辨別是誰在發施號令。

接着，是連串「咔嚓」、「咔嚓」、「咔嚓」推開閘門栓子的聲音，人類永遠不知道，我們這些聰明的犬科有本事推開閘栓，就像松鼠懂得打開堅果殼，聰明魚懂得敲碎蚌殼吃蚌肉，袋鼠懂扮狗叫呼喚人一樣，連貓貓也懂得拉開門，出入自如，我們犬科豈能沒有些絕技！平日，我們不會輕易顯露這本領，只是因為我們是紀律部隊，要堅守規矩。

這個夜晚，有犬不守規矩，深夜潛離犬舍，還糾黨集結，到底要做什麼？

我摔摔腦袋，清醒一下之後，也急忙推高閘門栓子，跟着而去。

根據氣味，我知道帶頭的是兩頭黑金剛，洛威拿犬 Lok Lok 樂樂和拉布拉多獵犬 Owen 奧雲，這兩頭

年青力壯的猛犬，是警犬隊的前鋒猛將，一身是膽，驍勇善戰，擅於衝鋒撕殺，「怪胎」的傲慢無禮，貪食報復，生性剛烈的他們又怎能夠容忍，緊跟在他們後面的是另一頭黑金剛拉布拉多獵犬 Tango 彈高，他和 Lok Lok 樂樂、Owen 奧雲，組成警隊中「黑煞三王子」，是犯罪者的剋星、煞星；復仇當然少不了你友善、他友善，你橫蠻、他更橫蠻的 Baggio 小巴，今次召集對付「怪胎惡狗」，他又怎會不參加？當然還有 Baggio 小巴的好朋友，我 Nona 露娜的十三少 Epson 阿爽，他倆是共同進退的「死黨」嘛；最莫名其妙的是那班衝動熱血的小伙子後，竟然跟着永不合羣、孤芳自賞的洛威拿犬大叔 Tyson 泰臣，説是「去支持，去支持」云云。

浩浩蕩蕩，一干犬等，直奔校場矮土墩——那個「怪胎」盤踞的地方，要上演一齣《王子復仇記》！

怪胎不枉身為流浪狗幫主，早已聞聲戒備，站在土墩上，月光在她的背後射來，映照着她臨危不亂的身影。她的尾巴高舉，擺出隨時會採取攻擊的姿態。

「你，給我下來，翻轉肚皮，饒你不死！」黑金剛 Owen 奧雲首先叫陣，在犬科來説，翻轉肚皮，就是俯首臣服之意。

怪胎抬頭挺胸，腿部僵直，身體前傾，背部的毛豎立，擺出隨時戰鬥，堅決不妥協的姿勢，好像誓要用武力來捍衞一己的尊嚴，即使付出任何代價！

警犬犬多勢眾，怪胎孤軍作戰。

哇，好一頭猛將！我 Nona 露娜不禁由衷讚歎。

「上！」二話不說，Lok Lok 樂樂，一貫洛威拿犬的衝動本色，第一個前衝，整個身軀拔起，撲向矮土墩上的怪胎，奮力一撞，要把她撞下來；同時，拉布拉多獵犬 Owen 奧雲和 Tango 彈高也毫不怠慢，雙犬前後齊上，張口一噬，想咬住怪胎前後腿。三男欺一女，我看得搖頭歎息……

說時遲，那時快，好一頭 Honey 蜜糖，先不理會 Lok Lok 樂樂的衝擊，反而凌空一跳，迎着 Owen 奧雲的犬頭，攻擊他的耳朵，獵犬出身的 Owen 奧雲又哪會被她噬着。只見好一頭 Owen 奧雲，半空翻腰，轉身就要咬噬她的喉部，此時，Tango 彈高也撲上去加入戰團，用力扯住「怪胎」的尾巴；Baggio 小巴看得獸性大起，蠢蠢欲動；Epson 阿爽則覺得以眾凌寡，不太英雄，沒有出手，只在旁邊助威；而 Tyson 泰臣大叔呢，當然不能以長輩身分去欺負後輩，也只在遠處觀戰。

　我 Nona 露娜聽着遠處的聲音，由低吼到聽不到吠聲，知道情勢不妙了，立即急奔上前。

　可惜，激烈殘酷的戰鬥已經開始了，而且一發不可收拾！

　所謂雙拳難敵四手，三頭飽受戰鬥訓練的黑煞警犬、特種部隊、御林軍，又怎可能輸給流浪怪胎？怪胎漸處下風，右耳被扯噬得鮮血淋淋，臉上血跡斑斑；Lok Lok 樂樂也佔不到便宜，背上皮肉被咬出幾個洞，Owen 奧雲擦傷了鼻樑，Tango 彈高眼下流血，而 Baggio 小巴觀戰太過投入，又拍傷了短尾巴*……

　「汪汪汪汪，STOP！」我 Nona 露娜連番怒吼，制止了打鬥，我始終是警犬隊的前輩，平日和小輩們又關係良好。

　「搞成這樣，明天，我看你們怎樣面對警犬老爸和自己的兄弟！」我 Nona 露娜憤怒地說，「以暴易暴，你們還是警察嗎？」

　「還有，你們把自己弄得受傷了，還不是要去見梁醫官？

　一想到自己的皮破血流的模樣，想到警察守則，

---

*有關 Baggio 小巴斷尾巴的故事，請看《特警部隊 3 · 搜爆三犬子》。

一眾小犬不敢再輕舉妄動了；再想到白衣怪醫和冰冷的診治鋼牀，一眾小犬震慄了，低着頭拖着尾巴，踱步回去自己的犬舍，受傷的想辦法把血跡舔乾淨，企圖瞞過警犬老爸和自己的兄弟。

「對不起，我們警犬隊失禮了，你還好吧？」我 Nona 露娜，懇摯地問 Honey 蜜糖道。

她沒有回答，也沒有抬頭，只是冷靜地用舌頭舔身上的血跡，這種打掉門牙和血吞的沉默，是氣概的表現？還是被欺凌的無奈？

Honey 蜜糖年紀不大，可以做我 Nona 露娜的女兒，我內心暗暗為她所遭受的感到心痛難過。

第二天，一眾受傷的犬子，連同 Honey 蜜糖，如何騙得到聰明的警長們，他們通通被送到醫療室，當然，又是一番備受折騰。醫療室內喊痛聲叫苦聲震響，令在外的其他犬倒抽涼氣。唉，在醫療室內，在梁醫官針下，犬犬平等。

事後，我把 Honey 蜜糖，即怪胎的故事告訴大家，讓大家知道她的身世，明白她內心的痛苦，Epson 阿爽和他的好朋友 Baggio 小巴立即說要向 Honey 蜜糖道歉；「黑煞三王子」也齊聲說希望大家放下成見，重新開始；只有 Tyson 泰臣大叔不吭一聲，還一臉不

屑，好像説：「有什麼大不了，有什麼大不了。」

不過，打從醫療室那天起，我們再也不見Honey蜜糖的影蹤了，小犬們猜測她可能不能適應警校生活，再次偷走，流浪去了；老犬們則猜她終於明白這裏不是她揚威耀武的地方，所以趁早溜之大吉。

説真的，警校生活，講規律，講尊卑，諸多規矩，對她這頭不受管束的流浪狗來説，實在太約束了，太沉悶了。

「汪汪，汪汪，算她識趣，算她識趣，咬死她！咬死她！」唉，疊句聖手洛威拿警犬大叔Tyson泰臣説話永遠殺氣騰騰。看來，誰也不能融化他鐵石般的心。

讀者們，你們説，Tyson泰臣這種乖戾個性，值得我Nona露娜愛上他麼？*

有一天，莊Sir又來了，我聽到他對警犬老爸説：

「吳Sir，你送給我的那頭Honey，果然是可造之才，我訓練牠搜尋毒品、香煙等，牠學習得很快，連搜索手提電話、遊戲機等，也很少出錯。牠體形中等，

*有關Tyson泰臣追求Nona露娜的愛情故事，請看《特警部隊1‧走進人間道》及《特警部隊2‧伙記出更》。

不會嚇怕人；更難得的是肌肉勻稱，骨骼結實，一副健康模樣；性格隨和，擅於和青少年相處，甚得學生喜愛；最可貴的是牠又目光如鷹，威風凜凜，眉宇之間，有一股機警勇毅的英氣。做了壞事的見了牠又會作賊心虛。學校上下對牠，喜歡得不得了。」

莊 Sir 口中的 Honey 蜜糖，可就是我們口中的怪胎？聽莊 Sir 的形容，跟警犬老爸事前形容怪胎的一樣；但莊 Sir 說「牠」的性格隨和，善於和人相處，又似乎不可能是她。

Honey 蜜糖忽然在這犬間蒸發，到底去了哪呢？

難道就是被莊 Sir 領養了？警犬老爸不是考慮過收編她嗎？

「難得牠忠心盡責，工作做到十足。It's no cost but big effect！簡直是零成本卻高效能！」莊 Sir 嘖嘖稱讚說。

「老友，狗糧不便宜哩！還說 no cost！」警犬老爸開玩笑地說。警犬老爸負責警犬學校行政，自然知道犬糧所費不菲，更何況是那頭飢餓貪吃，食量大得驚人的幫主 Honey 蜜糖？

「看，這是我倆的照片。」果然是她！「牠走進學校，做了社工！還幹出反毒好成績！」

照片中一人一犬，好一對父女相！我 Nona 露娜暗暗祝福犬科社工 Honey 蜜糖。

「回到學校，Honey 蜜糖愛坐在門口看守，在大羣進進出出的師生當中，牠竟然能夠分辨本校師生和外校人，發現外校人，牠會叫吠；被牠吠得最兇的，是衣着打扮新潮來接放學的型哥型姐，或者是蛇頭鼠眼想混進學校的傢伙……」莊 Sir 一臉佩服，嘖嘖稱奇地説。

「最奇怪的是牠還會撫慰心靈，學生們會摸着牠的頭訴説心事，牠便乖乖地安靜地聽着，絕不打岔，小朋友發洩完了，就給牠一個吻，然後開開心心地上課去了……有一次，我聽到一個小五女學生對她説：『你最好了，不用考試，又有一個好爸爸……』説着，女孩子流淚了，摟着 Honey 蜜糖哭了，牠也安靜地讓女孩摟抱，還為孩子舔去眼淚……」

多奇怪啊，Honey 蜜糖不是孤獨孤僻，不肯和外界溝通，只相信自己的流浪狗老大嗎？

對，她的身世沒有改變，但看來，莊 Sir 對她的愛、信任和賞識，使她放下以往不光榮不開心的一切，重新做一頭有用的犬，用自己的本領，貢獻社會，贏得了尊重。

　　她不是仇恨滿腔，存心要復仇的嗎？

　　對，這是慘遭滅門的她，現在，她得到一個新的老爸，給了她一個新的家，她得到前所未享受過的愛，不放下仇恨，對人對犬對事包容，豈不是用別人的過錯懲罰自己嗎？豈不是令那些仇人更開心嗎？聰明的她，當然不會這麼愚蠢。

　　「我可不是怪胎來的！」

　　「我也不是！」

　　「我從來都不是！」

　　唉，這班頑皮鬼！雨過天晴，再享受生活，又來開玩笑了，紛紛模仿怪胎口吻説話。

　　這，也就是他們的可愛處！

第五章　犬齒少女

犬齒少女？是天生的？是意外造成的？

犬齒少女？你認為是美麗的？還是醜陋的？

這案件，女主角就是犬齒少女，男主角是我們的警犬 Tango 彈高。

發生地點就在以野猴羣集聞名的大埔金山郊野公園。案情可謂匪夷所思，非你所能想像。

今天，拉布拉多獵犬 Tango 彈高奉命走入金山郊野公園辦案——搜尋一個失蹤少女。

Tango 彈高，跟洛威拿 Lok Lok 樂樂、拉布拉多獵犬 Owen 奧雲等三頭黑金剛，是警犬隊中的「黑煞三王子」。他們是警犬隊的前鋒猛將。與精靈勇毅的搜彈藥高手「搜爆三犬子」，即我 Nona 露娜的十三少 Epson 阿爽，Baggio 小巴和自認是「搜爆一哥」的 Jeffrey 大飛，可說叮噹馬頭，這六頭雄性小犬子，誰也掩蓋不到誰的光芒。

今次案件的主角 Tango 彈高，拉布拉多獵犬，渾身黑色，給人兇惡的感覺，事實上他戰鬥力強，勇於

撕殺，但由於他今年才兩歲，一歲犬齡相當於人類的七歲，即是說，今年的他，相當於人類的十四歲，只是一頭少年犬，所以當他咧嘴而笑時，總是一臉憨態，予人好感。這既兇且憨的矛盾外表，使他成為派往金山郊野公園鎮壓羣猴辦案的最佳犬選。

「為什麼是他？」Baggio 小巴問，小巴不喜歡Tango 彈高，由來已久。

沒什麼原因，只是因為 Tango 的中文名叫彈高！

Baggio 小巴認為，他是警犬隊中跳彈牀高手，他創了彈高紀錄，而且無犬能破，所以，除了他 Baggio 小巴外，沒可能也不可以有犬叫彈高。

Baggio 小巴體形巨大，跳脫活潑，性格爽朗，說話簡短，是一頭出色的工作犬，他不認為自己小，老愛自誇是大巴，不過我們卻又老愛稱他做小巴，他也沒奈何。他個性跳脫反叛，愛打架，因打架而常常抓花了臉，諢號又叫「花臉小巴」。他體力好，精力旺盛，反應敏捷，最愛跟領犬員洪 Sir 一起跳繩，或者瘋玩跳彈牀。他愛感受在彈牀跳起時犬毛犬耳隨着身體的上升而下垂，下降時犬毛犬耳又隨着身體的下降而上升，那種飛揚豎起，或柔軟下垂的節奏感，不跳彈牀是領略不到的。

　最滑稽好玩的是當 Baggio 小巴身體彈起時，他的眼角嘴角便向下扯成弧形；身體下降時，他的眼角嘴角卻相反地向上拉成碗狀，樣子趣怪得引起大家在旁打氣狂叫：「小巴，加油！小巴，加油！」

　Baggio 小巴還是超級無敵大氣袋，一邊彈跳，還可以一邊高唱：「……躍起，彈起，飛起，舞起，Baggio Jump……躍起，彈起，飛起，舞起，Baggio Jump……」*

　高高彈跳，高高彈起，是 Baggio 小巴的拿手本領，是 Baggio 小巴的強項，有另一頭警犬 Tango，中文名字叫彈高，Baggio 小巴覺得是分明有意挑戰，所以常常以對方做假想敵。

　Baggio 小巴不明白，警犬老爸叫 Tango 做彈高，只是他的中文音譯，而安排他去金山郊野公園，更有特別的原因。

　閒話休提，大埔道上，警車飛馳，載着警員和警犬 Tango 彈高，直趨金山郊野公園。

　金山郊野公園是香港著名的「馬騮山」，那兒羣猴天生天養，通山竄躍，外面跑來的，自己生育的，

*有關 Baggio 小巴斷尾的故事，請看《特警部隊 3・搜爆三犬子》。

總之，數目是越來越多，不時還打架爭吃，爭風呷醋，甚至攻擊遊客劫掠。

就在金山郊野公園入口對開數十碼處，只見路上有一輛運載鮮魚的貨車翻側，數箱鮮魚從貨車斗內翻倒出來，鮮魚在地上蹦蹦亂拍，惹來數十頭猴子聚集路旁，皺着眉頭圍觀，看來，十分不滿意貨車斗內翻倒出來的是腥臭的魚而不是香蕉。

Tango 彈高隨着領犬員詹 Sir 跳下警車：

「汪汪汪，有什麼好看？別阻得交通，回山上去，叫你們的幫主來！」Tango 彈高喝斥這羣烏合小猴子。

也許，「齊天大聖」懾於 Tango 彈高的黑黝和吼吠，又或許魚腥味並非他們所好吧，加上牠們見到警察，警棍在手，知道沒什麼好玩的，也就一哄而散。

正在這時候，Tango 彈高瞥見羣猴中一頭背着小猴的母猴。

「汪汪，你，肥妹，見到我為什麼不打招呼？過來，我有事問你。」黑金剛威風凜凜，猴羣中一隻胖傢伙，攬着懷中小猴，乖乖聽令，跳到 Tango 彈高跟前。

「汪汪，肥妹，做了媽媽，變了肥媽？」少年 Tango 彈高不失少年幽默。

「是，是，Tango 哥，半年不見，你又長帥了。」肥媽原本叫肥妹，由於繼承她的猴爸權勢，成為馬騮山九大幫派之一的幫主，後來生了孩子，被羣猴改稱為肥婆。

「我問你，山中有沒有見到一個哭泣的少女？」Tango 彈高問。

「吱吱，Tango 哥，好久不見哩，你好嗎？」肥婆抬起她那紅噹噹的屁股，討好地說。

「汪汪，喂，肥婆，廢話少說，我是問你，有沒有見到一個在公園中哭泣的少女？」Tango 彈高正經八百地追問，雙眼盯着肥妹懷中的小猴。

肥婆愛孩情切，怕警犬對懷中小猴不利，怯怯地報料道：「吱吱，Tango 哥，很抱歉，我要覓食餵女，沒注意其他，要知道山中情況，你問其他猴子吧。」肥婆求饒道。

「汪汪，肥婆，生了孩子，便變了窩囊廢？走，去叫孖指、大賊、叩頭仔、老牛、大燒豬、高腳七、孤兒仔和阿跛等一眾猴子頭出來，說 Tango 哥要見他們。」Tango 彈高扮冷酷，用他仍帶稚氣的聲音下令道。

連肥婆在內，孖指、大賊、叩頭仔、老牛、大燒

豬、高腳七、孤兒仔和阿跛一干猴等，正好是馬騮山上九大幫派獼猴幫主。

奇怪的是一眾幫主，對少年 Tango 彈高唯命是從。

Tango 彈高一邊吩咐猴子肥婆，一邊跟着兄弟向公園內前進，要找尋一個離家出走而且患有抑鬱症、有自殺傾向的十五歲少女，據報她是在金山郊野公園內失蹤的。

Tango 彈高認識羣猴，源於幾次馬騮山中執勤，包括猴子劫案，猴子襲擊遊客等，羣猴九大幫派，俱久仰 Tango 彈高大名。

健身徑旁一棵大樹上，坐着一隻體形巨大的猴子，生得賊眉賊相，蛇頭鼠目，鬼祟古惑，一看便知絕非善類。

「Tango 哥，找我有事嗎？」巨猴問。

「汪，大賊，你還有縱容族猴搶候車乘客和行山客的袋子嗎？」原來他叫大賊，惡行昭著，專門搶劫遊客承載食物的紅色或藍色膠袋，相由心生，怪不得他生得一副賊相。

「沒有哇，Tango 哥，你吩咐過不得造次嘛。」

說時，幾頭猴子相繼出現了。

「阿跛，數猴王中，唯你獨尊，山中還有幫派打

鬥嗎?」

「不敢哩,Tango哥,你不是已經為幫派訂下楚河漢界不相侵犯的規則嗎?」阿跛雖然因打架而弄破了一條腿,行路有點跛,但身形巨大,雙手粗壯有力,雙目炯炯有神,十分有威嚴,手下有百多頭猴子,是馬騮山中德高望重者。

「叩頭仔,還敢打靚女的主意嗎?小心阿跛王整治你。」

「Tango哥,見到靚女,行注目禮,不過表示賞識吧,Tango哥,信我,我別無歪心。」叩頭仔猴如其名,一邊說話一邊不斷叩頭,像求神拜佛。

「信你?哼!信你便金山變土山哩!」Tango彈高轉過頭去,對右後邊樹上另一頭猴子說。「汪,孖指,我記得你,上個月,走去小巴站搶師奶的蛋撻,更大膽潛到村屋偷祭壇的水果,簡直賊性難改!」

「Tango哥,猴口眾多,政府又下令遊人不准餵猴,逼我們吃風嗎?請體諒我們覓食艱難,猴要生存呀。」

「汪,廢話少說。」

「自從上次被你教訓後,大家都守規守矩,不知道尊貴的Tango哥,今天紆尊降貴駕臨馬騮山,有何

75

吩咐？」猴王高腳七倒掛樹上橫枝，頭下腳上，前晃後搖，雙手掩着心口，戰戰兢兢問道。

「你們統統下來，我有事問你們。」

羣猴首領，紛紛爬下樹來，半圓形圍坐在 Tango 彈高面前，乖乖聽候吩咐。

「你有沒有見到一個在公園中哭泣的少女？」

「哭泣少女？多的是啦，跟男人吵架的、被阿媽罵的、被朋友出賣的、跟好友搶男仔的、離家出走的、吸毒後發瘋的、飲酒後失儀態的、來鍛煉演技學哭學喊的⋯⋯都有，走來山裏，小泣、抽泣、飲泣、啜泣；偷哭、哀哭、痛哭、大哭，甚至嚎哭都有；哭聲震天、哭聲動地、低聲哭訴、放聲大哭、哇哇地哭、嗚嗚地哭都有；有哭叫男友名字、女友名字、小狗名字、小貓名字，甚至小鼠小龜名字的，但就沒哭叫爸媽的，你要找的是哪一種？」大燒豬戲而不謔地說道，惹得眾猴哄笑不止，大燒豬就以這種幽默受到羣猴歡迎。

「公園人來人往，你指的是哪一個？」老牛沉聲問道。

「據報，她年約十五歲，上顎有兩顆稍微外哨的犬齒。

「付竹八重齒！」眾猴異口同聲說。

76

「汪，汪，什麼意思？說！」

「昨天，整個金山山谷迴響着一句聲嘶力竭的叫嚷，說『付竹八重齒！我憎死你！我恨死你！』我們當然循聲去看看什麼事……」大燒豬模仿少女語氣說。

「就在山頂崖那邊上，坐着一個女孩子，手舞足蹈，大叫大喊……」

「她說：『付竹……付竹……八重……齒，我憎……憎死你！我憎憎……死你！』」孤兒仔模仿少女掌臉自摑要生要死的動作，滑稽惹笑。

「汪汪，什麼意思？什麼是『付竹……付竹……八重……齒』？誰可告訴我？」Tango 彈高問道。

「Tango 哥，是『付竹八重齒』，不是付竹……付竹……八重……齒，那女孩說話斷斷續續的，我們不知道她說什麼，只知道她好像想跳崖。」眾猴王高腳七嘴八舌，搶着回答說。

就在這時候，警察兄弟已經布置妥當，準備行動。

「Tango，開工哩！」Tango 彈高的領犬員詹Sir 拍拍 Tango 彈高的頸項道，還給他嗅聞屬於失蹤少女的物品，好讓他按味搜索。

「Tango，SEARCH ！」詹 Sir 下令道。

「汪，OK，多謝大家的情報，現在，你們可以走了，不要阻礙我工作．Go，Go，Go，汪汪汪！」Tango 彈高嚴肅地說。

眾猴為討好牠們心中的英雄 Tango 哥，爭相要帶路。你們或者會說，警犬天生嗅覺靈敏，又飽受訓練，何須勞煩那班大聖帶路？

你們不知道的是金山郊野公園內山風陣陣，會把氣味吹散；山谷又煙霧籠罩，也阻礙了氣味散發，要搜索有一定困難。

循着人物隱隱約約的氣味之路嗅索，氣味有時來回往復，有時忽然消失，猜想風和霧影響了氣味流動，而人物又在公園中走來走去，並非一路直走。有眾猴帶路，的確省了點工夫。

只是，眾猴在兩旁竄奔，警察兄弟不勝其擾，時加驅趕，他們也只好竄跳樹上，仍然緊緊跟隨大隊，還不時起哄，爭着指路：

「Tango 哥，不是這一邊，是那一邊呀……」

「付竹……八重齒！付竹……八重齒！」眾猴在樹上攀躍，一羣唱「付竹」，另一羣便和應「八重齒」，整個山谷，唱和四起，回聲轟然，十分熱鬧。

「死猴子，吵死了！」一個年輕警哥忍受不了猴

子的吱吱喧嘩，拾起一粒石子，對準其中一隻猴王擲過去……那是猴王阿跛。

阿跛雖然腳有點跛，但他一直是馬騮山上猴王中的猴王，他跛而不殘，身手仍然敏捷，不愧是猴中王者，只見他穩坐樹椏，動也不動，伸手一接，接過石子，把手一揮，原石飛出，直擊在年輕警哥頭上，幸好他頭上有帽子保護，否則必然頂上開花。

年輕警哥第一次到馬騮山出更，還未認識猴子，特別是牠們的個性、身手和喜惡。

年輕警哥年青，當然氣盛，在同僚面前被畜牲戲弄，頭上中招，更深覺丟臉，心生不忿，於是俯身再拾石子，想再和猴子拚戰。

「兄弟，好了，惡猴猴多勢眾，惹不得。」詹 Sir 出言阻止。說時，抬頭一看，前面、後面、路旁、樹上，不知何時神出鬼沒的冒出好幾百頭猴子，將搜索警隊圍在中間，他們目露兇光，翹起嘴巴，已準備好隨時發難。

來馬騮山，警隊又怎會沒有準備？兄弟們從腰間取出警棍，「咔嚓」一聲，警棍變長……

Tango 彈高見如此形勢，也目光嚴厲，全身犬毛豎起，對阿跛連聲怒吼，喝道：

「汪汪汪汪汪汪，阿跂，糾集人馬，要來個認真嗎？」

「是他挑釁在先！」猴王阿跂指着肇事警察，振振有詞說。

「汪，他是新丁，不知江湖規矩，看我臉面，快撤！」

「是，Tango哥，如果不是給你臉面，我絕不罷休，定要他全身中石，還要抓得他全身花開燦爛。」

「汪，想清楚點，開罪人類，結局如何？還記得去年『撲滅惡猴，保護遊人大行動』嗎？你們有膽惡搞警察，那我倒要看金山，還是不是你的金山？汪汪！」

「吱吱，撤！」阿跂幫撤退了，阿跂也不玩了，跟隨他的族猴瞬息消失在山林中。

「Tango，你可厲害，惡猴也被你吠退了。」詹Sir撫着Tango彈高的頭稱讚道。

我Nona露娜認為：宇宙中萬物相處，貴於互相尊重，人不犯猴，猴不犯我，即使他們搶掠遊人，也無非生活艱難吧，賊匪捉多了，我也看到世界貧富懸殊，窮人沒法生活的地方，搶劫盜竊一定頻繁。

據情報說，美國亞利桑那州有警署訓練猴子做特

警，協助搜索、破案擒賊！猴子聰明，身手比警犬更
敏捷；加上體形較細小，攀高跳低，無所不能，不失
為辦案好幫手。聽說，個別猴子還懂得認字和繪畫
呢！

猴子，如果好好訓練，我 Nona 露娜相信，也不
失是對付罪惡的生力軍。罪惡面前，犬猴又何必互相
猜忌排斥傾軋呢？

就在這時候，一隻山雞在斜坡那邊出現，少年
Tango 彈高立即興奮起來，什麼任務也忘記了，俯身
匍匐前進，接近山雞時，即「汪汪汪！」連聲叫吠，
拔腿狂追，他的領犬員詹 Sir 喝令道：

「Tango，STOP！」

警犬即是警犬，Tango 彈高頑皮愛玩，在軍令如
山下，也倏地煞停腳步，垂頭夾尾，踱步回到領犬員
詹 Sir 身旁。

詹 Sir 用犬索輕輕地抽了他一下，表示懲戒。

忽然，Tango 彈高雙耳豎起，顯然聽到了什麼，
雙眼鎖定對面山谷。

然後，大家都聽到對面山谷傳來女子哇哇的喊叫
聲，就像憤怒島一樣慘嚎不休。

金山郊野公園內山徑縱橫，樹木茂盛，Tango 彈

高加快腳步，帶領眾兄弟往一個山頭走去。

懸崖邊，站着一個少女，外表斯文，長直頭髮，高顴骨，修長下巴，見到搜索警隊，歇斯底里大叫道：「不要過來！再過來，我便跳下去！」

她樣子姣好，但上唇腫脹，說話口齒不清，奇怪的是她的嘴角，有一對突兀的像小犬齒的臼齒，即使合上嘴唇，還是突出齒角。

犬齒少女憤怒地盯着兄弟們，忽然，她發現Tango彈高，面部立即轉為一臉柔情：

「阿仔，阿仔，是⋯⋯你⋯⋯嗎？你來⋯⋯來找⋯⋯找我嗎？來，來我⋯⋯這裏⋯⋯」

詹Sir知道，這犬齒少女精神上有問題，錯認Tango彈高是她的「阿仔」，他悄悄解開犬索，讓Tango彈高自由行動。

「Tango，MOVE！」詹Sir在Tango彈高耳邊輕聲下令道。

Tango彈高搖動尾巴，咧嘴而笑，憨態盡現，放輕腳步，慢慢地向犬齒少女走去。他在接近犬齒少女的前面坐下來，表示沒有敵意，還「汪汪」低鳴，打個招呼。少女兩邊嘴角，突出齒角，眼睜睜地望着Tango彈高，神情茫然，兄弟都覺得奇怪：「人類怎

可能長出這麼長的犬齒？」

Tango 彈高繼續搖動尾巴，手足並用，匍匐靠近犬齒少女，少女也不抗拒。

年輕對年輕，似乎有一種相親相吸的力量。

少女的情緒漸漸平服，也坐下來，摟着 Tango 彈高，柔聲說：

「阿仔，你去……去了哪，媽媽到處找……找你。」Tango 彈高柔順地任由她摟抱。

「咦，阿仔，誰……誰替你剪……剪了毛？你明明是……長……長毛的……」

警察兄弟緊張了，怕她發覺 Tango 彈高根本不是她的「阿仔」。詹 Sir 和另一位警長正懾手懾足地從側面爬上岩石，伺機行動。

忽然，少女轉過臉來，怒氣沖沖地喝問石下警察兄弟道：「你……你們，誰……誰那麼可……可惡，把阿仔的……金毛染成黑……黑色？金……金毛尋……尋回犬變成黑……黑毛尋……尋回犬？」

「唉，這少女真的是精神錯亂了，真可憐。」大家心中不忍。

接着下來，她又跟 Tango 彈高說心事了，斷斷續續的，大家努力聆聽，嘗試聽個明白，綜合大家聽到

的，估計她的故事，歸納出案件十大重點是：

第一點，她在 Facebook 面書上看到朋友說日本潮流興「付竹八重齒」，朋友們相約去日本整容，齊齊弄個「付竹八重齒」；臉圓的要加削骨瘦臉，削瘦「包包臉」；小眼睛的要弄大眼睛，整走「三角眼」；手臂肉鬆的要修整「麒麟臂」、「拜拜肉」；肚腩大的抽肚皮脂肪，殲滅「水桶腰」……

第二點，朋友拍了照片，在面書傳開來，她看見覺得漂亮，不想人有她沒有，所以也想弄個流行但費用應該較便宜的「付竹八重齒」爆牙手術。

第三點，她沒錢去日本整容，所以只好去鄰近地方進行。

第四點，她對那個整容醫生說要鑲兩顆稍微外露的「付竹八重齒」，即像犬齒般的爆牙，怎知他卻找來兩隻真狗牙，超大的，為她鑲嵌。

第五點，那對狗牙太大，鑲進嘴內，大得使她連口也合不上。

第六點，手術不好，她上唇腫脹，久久不退，她覺得自己整容後樣子變得很難看，大受刺激。

第七點，她要求那整容醫生補救，但他獅子開大口，要求巨款，少女付不起。

　　第八點，對方還兒巴巴地堅持說手術超成功，反指少女無理取鬧，她有理說不清，覺得自己被欺負，對這世界充滿恨意。

　　第九點，她自己覺得很難過，一路上帶着口罩，回到家中，還被家人嘲笑痛罵，說她發神經，說她沒腦袋，使她再大受刺激。

　　第十點，她的犬齒使她的牙肉發炎，發出惡臭，終於，她忍受不了，決定跳崖自殺。

　　犬齒少女抽了一口氣，咬牙切齒說：「我最……憎恨人們說我發……發神經和沒……沒……腦，腦袋，我要……以死抗議……死……死……死……給他們看……」

　　說話時，她口中的超大犬齒更外露，更突兀了。

　　詹 Sir 和另一兄弟趁少女一心一意跟 Tango 彈高說話，沒留意其他人時，乘她一個失神，衝到石上，把她拉下來。

　　犬齒少女失蹤。從昨天有人報案起，她在崖上一塊大石上坐了兩天一夜，嚴重缺水缺食物，又不停號喲大哭，消耗體力，差不多已到虛脫地步，哪有能力掙扎？

第六章 「掃交」大行動

金山郊野公園失蹤少女「付竹八重齒」一案，使 Tango 彈高聲名大噪！

最令小犬們高興的，是大家都有「付竹八重齒」。原來犬齒，是美麗新潮流，不用整容，大家都能覺得漂亮。

犬齒少女的故事，其實還有下文：犬齒少女原名叫山口美子，有一個美好的國際家庭。她的爸爸是日本人，叫山口太郎，媽媽叫周秀美，一次去日本松島旅行，認識了日本青年山口太郎，彼此吸引，進而戀愛，繼而結婚。由於日本不歡迎外地移民，為了愛情，爸爸跟媽媽來香港，開了一間拉麵店，還生下女兒山口美子。

一家生活和樂融融，可惜好景不常，在去年初，拉麵店因有僭建而被封舖檢控，沒了工作，損失了金錢，爸爸鬱鬱寡歡，三月上旬，說想回日本松島探望家人，結果呢，天意弄人，不幸地遇上日本世紀超級大海嘯，爸爸和日本的家人，從此音信全無。事後，

　　媽媽曾經隻身到松島尋找他和他的家人，可惜遍尋不獲，連屍首也不見。

　　媽媽精神大受打擊，回來後，心情抑鬱，許多時候，難免拿美子出氣，不理睬她，無故罵她，甚至打她。最後，媽媽為了忘記傷心事，也不詢問一下美子的意見，便決定要女兒改跟自己姓周，因為她愛貓，於是帶着女兒跑去宣誓，把山口美子的名字改做周咪咪，她還選擇遠離傷心地，從原本居住的香港島搬到老遠的新界天水圍居住。

　　周咪咪當然被迫轉校，她可說是忽然之間，沒有了爸爸，沒有了自己原有的姓名，沒有了解她的老師，沒有談得來的朋友，又背着一個她不喜歡的名字，被迫面對新環境和憤恨難平、愁眉苦臉、性情乖戾的媽媽，周咪咪精神沮喪，面臨崩潰了，可是她那放不下傷心往事的媽媽仍然不察覺。

　　周咪咪極度需要朋友，她努力走入女孩圈子。狂上面書，結識了一羣追潮流的愛美女孩子，她們受潮流雜誌、資訊節目和美容廣告影響，整天就是追求打扮新潮漂亮，周咪咪也誤以為追上潮流就是漂亮，漂亮就得人喜愛，就會有許多朋友。所以，她趕潮流，節衣縮食，省下零用錢，跟人家去學化妝，甚至整容，

造了一對「付竹八重齒」，結果是「毀了容」，還差點賠上最寶貴的生命。她最後獲救了，卻落得個精神恍惚，要轉介到精神科。這少女，實在可憐！

警方找到了她媽媽，她看到女兒的情況，緊緊地摟着她，泣不成聲，最後，她紅着眼睛，撫摸着女兒的頭，說道：「咪咪，媽媽對不起你。你不要怪媽媽，好嗎？」

周咪咪見到媽媽，似乎稍為得到慰藉，擁着媽媽痛哭，好一會兒，她忽然平靜地說：「媽媽，我們回家吧。」

眼淚，融化了兩母女的心，洗淨了心靈的怨憤，在場的男子漢女豪傑，無不心中感慨。

我們警犬，雖然離開家鄉，來到香港，幸好有警犬老爸的關心，領犬員的照顧，同甘共苦，出生入死，竭力貢獻社會，生有所用。比起人生沒有目標，隨波逐流，經不起打擊，心理痛苦以致患上精神病的少女周咪咪，我們是進取的，所以我們是幸福的！

金山郊野公園一案後，「黑煞星」Tango 彈高聲名大噪，被提名競逐十大傑出動物選舉比賽。

Tango 彈高，一身是膽，驍勇善戰，善於衝鋒撕殺，對付惡人。金山郊野公園一役，顯示了他精通動

物和人類心理學，所以能夠以「大哥大」的姿態，對付野豬惡猴惡狗；見到可憐的人或動物，他又可以放下身段，改換臉孔，販賣溫馴，爭取信任，甚至表演柔情，擄取人心，使對方放下防備之心，不喜歡不接受他的說他是「狼」，摸不透他的個性；欣賞他的對他嘖嘖稱奇，認為他有悟性和機智，是高班犬。他工作能力高，警犬隊對他當然讚賞有加，於是提名他競逐十大傑出動物獎，結果他不負眾望，奪獎而回。

「這是警犬隊的光榮！」警犬隊的兄弟姊妹高興到不得了。這個當然，否則，所有傑出獎項都落在不可一世高傲尤物貴婦狗、尖叫扮兒芝娃娃、奇形怪狀臘腸狗、肉贅皮鬆老虎狗手上，那可是天下間犬界最丟臉的大笑話。

Tango 彈高奪得傑出動物獎，領犬員詹 Sir 高興得單膝跪地，摟着他狂吻。當然囉，Tango 彈高的得獎，就是領犬員的成就，領犬員的榮耀，領犬員的功績，我 Nona 露娜想，詹 Sir 他呀，升職加薪在望哩……

「黑煞王子」拉布拉多獵犬 Owen 奧雲歡呼說：「拉布拉多獵犬，萬歲！」哈，難得他不嫉妒，有自信的永遠要求自己自強不息，不會對他犬的傑出表現產生妒忌。

「黑煞王子」洛威拿犬 Lok Lok 樂樂說：「不要驕傲，我們洛威拿也做得到！」好哇，難得他不服輸，肯求上進，追求君子之爭，不會像 Jeffrey 大飛般玩黑手段，暗算別犬。*

我 Nona 露娜當然相信全身毛色黑黝的拉布拉多獵犬可以溫柔得使人傾心信任，而洛威拿犬憑胸前那四個啡點口水布，也絕對能夠討人歡喜。

Baggio 小巴，仍然堅持不喜歡 Tango 彈高，不對，我要說清楚，他不喜歡的是 Tango 的中文名字「彈高」，認為這是他 Baggio 巴治奧，小巴的尊稱，不過，自金山郊野公園一案後，他對 Tango 彈高的態度，明顯比以前友善了。Baggio 小巴性格單純，性情敦厚，能分辨是非，識英雄重英雄，我 Nona 露娜知道，他和 Tango 彈高最終能夠成為朋友的。

動物需要朋友，人類更如是，尤其是青少年，更以為友情大過天！

金山「付竹八重齒」失蹤少女案後，不久便到聖誕節，我們以為警犬老爸會為警犬隊舉辦 Bom Cha Cha 大吃大喝開心聖誕狂歡派對，讓狗餅滿天飛，牛

---

*有關 Jeffrey 大飛設計害 Epson 阿爽的故事，請看《特警部隊 3．搜爆三犬子》。

扒隨地放，還有燒烤棉花糖串串懸吊！可失望的是，警犬老爸反而說聖誕大加班，因為萬眾狂瘋，聖誕高危。

根據以往經驗，青少年在聖誕期間，真的最容易出事，男女如是，少女更是高危一族。

今天，聖誕前夕，全港警察，當然包括特警部隊的警犬，要二十四小時應命，全線戒備，應付罪惡高峯期。

Oh，No！No！No！This is their problem，not our problem！這些人類的問題，不是我們警犬的問題，竟然害得我們沒有聖誕假期，沒有聖誕派對，沒有聖誕大餐！

「Hi，大小傢伙，Happy Christmas Eve！聖誕前夕快樂！」

大清早，精神奕奕，滿臉陽光的警犬老爸來到犬舍，開心地和我們打招呼，大家的心情頓時陽光起來。

「唏，今天任務，去見美少女！」

「汪汪，我去！我去！」一眾少男特警吵着要接受任務，忘記了早前的埋怨，哈，這正是我們警犬的可愛之處。

「你們稍安勿躁，今天任務，是去尖沙咀旺角一

帶進行聖誕掃交大行動。」警犬老爸說。

塑膠，這不是石油的副產品嗎？

還是掃膠袋？掃街？這是清道夫的工作嘛！

讀者們，你們聽清楚，是「掃交」，不是塑膠，更不是掃膠袋或掃街！我們警犬敏銳，絕不會聽錯──除非……嘻，除非不留心。

什麼是「掃交」？

「唉，聖誕節，妖魔鬼怪齊作孽，少男少女尤其要小心！」本來陽光的警犬老爸忽然搖頭歎息了。

為什麼聖誕節日是高危的犯罪日子？

現今世代，人人追求物質，願做金錢奴隸，利用「自由」的盾牌，什麼也肯幹、敢幹，狠狠去幹……

無知少年看電視電影和網上資訊，接收了錯誤資訊，照樣學習、模仿……加上看着社會上一些知名人士的所作所為，覺得誠信不重要，出軌就是成功……

於是，聖誕節，變成一個機會，讓盲目追求自由的男女更明目張膽地解放，理所當然似地放任、放膽、放肆、放縱……

Baggio 小巴靜極思動，表現雀躍，雄糾糾地站在警犬老爸面前叫道：「汪汪，聽候差遣！Sir！」警犬老爸見到他這模樣，於是說：

　　「好吧，Baggio，今次安排你參加行動，如果你再像以往般被美少女迷住，只顧跟女孩子玩耍，做不好工作，就別再說你比人家 Tango 強哩！」警犬老爸好厲害，看透了 Baggio 小巴的心理，分明有意說話刺激好勝心強的 Baggio 小巴。

　　Baggio 小巴應聲道：「汪汪，Yes Sir！汪汪，Never，Sir！」

　　警犬老爸心中暗笑，對 Baggio 小巴這孩子，他了解清楚，活潑好玩，有工作能力，只要對他嚴加要求，給他機會鍛煉磨煉，他一定能夠建功立業。

　　警犬老爸繼續下達命令：「還有 Antje 和 Nona 兩位警犬媽媽，也一起去掃交吧。」

　　當然應該派我們去，我們做了媽媽，會更有愛心、耐心去處理小孩子的問題。

　　尖沙咀，繁華地帶，車水馬龍，行人如鯽。娛樂場所、K 場酒舖、色情架步，比比皆是。有些大廈，龍蛇混雜，不配合詳細部署和機動部隊，警察是不會輕率進去的。

　　我 Nona 露娜緊貼着兄弟陳 Sir 左大腿，警犬老爸沒有給我們什麼線報，只是吩咐我們隨機留意。這真是一件吃力不討好的工作。

「正因為吃力不討好，才需要我出馬。」我 Nona 露娜有點沾沾自喜，一路上不禁嘴角上掀，露出高興的表情，抬頭看陳 Sir，一臉嚴肅，我便知道自己犯了警界出差大忌——破壞威嚴！

迎面來了一個少女，看似十三歲左右，和一個中年禿頭阿伯同行。可疑之處是中年禿頭阿伯緊緊地摟着少女，好像怕她逃脫似的；少女肩膊左縮右閃，分明正在竭力掙扎。

中年禿頭阿伯看見我警犬 Nona 露娜和警察陳 Sir，頓時面色一變，小聲地在少女耳邊說了一句話，陳 Sir 人耳聽不到，我 Nona 露娜犬耳卻聽得分明，他說：「有警察！別掙扎，小心說話。」

這傢伙，分明有問題，難道他勾引未成年少女？這是犯罪的。我望着陳 Sir，鼻中「哼哼」發聲。

聰明的陳 Sir 覺得事有蹺蹊，上前截停中年半禿頭阿伯和少女查問：

「她是你的什麼人？」

「女兒。」

少女站在一旁，面露覷覦，一臉尷尬，雙腿還暗暗外移，要跟中年禿頭阿伯保持距離。

中年半禿頭阿伯，由額前至頭頂沒一根頭髮，頭

皮油光可鑒，唇上留了一撮八字鬍，嘴角有點下垂，門牙突出，口邊掛着白色泡沫，說話時水花四濺，十分駭人。好一個美少女，和他走在一起，簡直就是Beauty and The Beast——美女與野獸。

街頭一頭警犬，一個警察，一個阿伯，一個女孩，立即引來路人好奇圍觀，少女深深地低垂着頭，好像害怕人羣中有認識自己的人。中年禿頭阿伯也真厲害，見到這形勢，忽然計上心頭，大嚷道：「喂，阿Sir，我們兩父女行街，有什麼問題？要盤問？」他想反客為主，控制局面。

「這位先生，你是小女孩的父親，她叫什麼名字？」陳 Sir 生疑，故意問道。

中年禿頭阿伯轉過臉對少女說：「阿囡，不用害怕，告訴警察叔叔，你叫什麼名字。」

「你不知道吧？」陳 Sir 步步追迫。

「我有過早老人痴呆症，忘記了，不可以嗎？別欺負有痴呆症的人！各位，你們說說，有道理嗎？」中年禿頭阿伯狡辯說，還想挑引羣眾情緒，以便乘機攻擊我們，轉移視線。

聰明的羣眾沒反應，不受利用。

直到現在，小女孩仍然不發一言。

「請你們拿身分證出來。」

警察查身分證，路人不可拒絕，否則會被控告阻差辦公。

兩張身分證上出現不同姓氏！

「你叫什麼名字？」按例，陳Sir需要口頭核對，以確認對方是身分證上的那個人。

「包青。」中年禿頭阿伯說。

「哈哈哈⋯⋯」圍觀的人哄笑起來，他的姓名令人們想起了名留青史廉潔愛民、大公無私的宋代名臣包青天包拯⋯⋯

小女孩卻不姓包！

「兩父女，不同姓？」

「有什麼奇怪？我⋯⋯噢，對了，我是他繼父。」中年禿頭阿伯沒了「過早老人痴呆症」，反而表現敏捷應對。

「那麼，她叫什麼名字？」陳Sir指着少女問中年禿頭阿伯道。

「⋯⋯」

「⋯⋯好，我告訴你，我⋯⋯我們是剛相識的朋友⋯⋯」中年禿頭阿伯滿臉通紅，努力自圓其說。

「剛相識，連名字也不知道，便緊緊地摟着人？」

「哪條法律規定不可以？剛相識犯法嗎？摟人犯法嗎？她自願的。」

陳 Sir 知道中年禿頭阿伯是無賴之徒，跟他糾纏下去不是辦法，轉而問少女：「你和他是什麼關係？」

「反對！我們有權交朋友，有權逛街，有權摟抱，你，無權干預！」說時，中年禿頭阿伯伸手奪回身分證，放進錢包裏。

中年禿頭阿伯說得也是，我們怎樣招架呢？如果少女不指控他非禮，我們最後還得要放過他。

陳 Sir 一臉惆悵，眼看就要讓老淫蟲逍遙法外。

忙亂中，我 Nona 露娜忽然嗅到一陣熟悉的氣味，咦，是阿 Lord，囉友！

陳 Sir 也正在想辦法拖延時間。「你不要吵，先讓我登記身分證。」

中年禿頭阿伯呶呶嘴說：「不是看過嗎，又要看？」

中年禿頭阿伯伸手在褲袋後面要掏出錢包，

「赫，我的錢包呢？」

「誰？扒了我的錢包？」

「尖沙咀一帶品流複雜，你逛街要小心呀。」

「阿 Sir，我要報案，報失錢包。」

「你無法出示身分證明文件，要跟我去警局辦理報案手續。」陳 Sir 轉愁為喜。

這時，少女忽然一個轉身想離開，我 Nona 露娜踏前一步，阻住了她的去路，剛巧在這兒出現的警犬隊逃兵阿 Lord 囉友也犬嘴對準少女，少女被嚇得擠向陳 Sir。

這時，陳 Sir 電召的衝鋒車到了，中年禿頭阿伯和少女被送上衝鋒車。

上車前，我 Nona 露娜轉頭對阿 Lord 囉友說：「阿 Lord，謝謝你的幫忙。」

回到尖沙咀警局，當值警長為中年禿頭阿伯和少女落口供。

少女十三歲，是個中二學生，仍然拿着兒童身分證，證件上是個孖辮妹，樣子美麗清純，據她說：她來自一個家境中上家庭，爸媽工作很忙，但很寵愛她，供給她一切生活所需，用盡方法送她到何文田一所著名中學升讀。

少女的爸媽趕到了，緊張地問。

「Baby，發生什麼事？竟然跑到警署來？」

她們看見站在一旁的中年禿頭阿伯，立即憤怒地問少女道：「你被人非禮？」

　　中年禿頭阿伯氣得彈跳起來，叫道：「非禮？我真金白銀，非禮！」

　　「Baby，他說什麼真金白銀？你去掙什麼錢？」少女的媽嚇得面色刷白，氣得青筋暴現。

　　「哎吔，Auntie，這叫援助交際，援交呀！潮流來的嘛，你們不知道嗎？」中年禿頭阿伯呶呶嘴說，像是鄙視他人沒見識。

　　看那對爸媽，驚訝得兩雙眼珠像差點要跌出來似的！

　　以下是少女和她爸媽的對話，誰說那些話，聰明的你們一定猜得到。至於括號內的，則是我 Nona 露娜的旁白。

　　「你，到底攪什麼鬼？」

　　「我需要零用錢。援交容易掙錢，很好呀。我愛唱 K，援交可以免費唱 K，很好呀；我要什麼，顧客都會買給我們，很好呀！」

　　「我們已經給你不少零用錢了，應該足夠你每天上學使用的啊。」

　　「上學，好悶耶！每天放學，我要跟同學去逛街，買東西；有時又去唱 K，吃喝玩樂，有時還要到網吧上網漫遊；如果有錢，我還想買個名牌手袋。」

（樣子美麗清純的少女原來是個大花筒。）

「哪哪哪，你的女兒自願的，不要以為被人佔便宜。」中年禿頭阿伯插嘴，無非為洗脫勾引未成年少女的罪名。

「你放學不是回家做功課的嗎？」

「做功課？由中一開始，我的成績便追不上，哪有心情向學？我上課，為的是等下課，什麼強迫教育，簡直是廢話！害人不淺！我放學不回家，回家也不會溫習，上網已經太忙了。」

（做爸媽的到底忙什麼？連自己最珍貴的最重要的子女都疏於管教！）

「我們有時關心你，向你查問學習情況，你不是說要上網做功課嗎？」

「哼，做功課？上網談心、漫遊更好玩。」

「哎吔，你兩個耳朵竟然都穿耳環，左三個右三個，還一身煙草味！」

（你怎樣做媽媽的？現在才來個傷心大發現？）

「好出奇嗎？我在中一暑假已經開始抽煙哩，你和爸爸不也是煙民嗎？還說我！」

（少女說得也是，大人做的，小孩子當然模仿。）

「枉我們自你升中學後，便那麼信任你，以為你

103

長大了，決定給你自由，讓你學習對自己負責。」

「你們太忙了，我放學後，回『家』，哼，『家』，不過是一個空巢，無人明白，又無人傾訴，我為什麼要回去？我嘗試過由旺角行到將軍澳，筋疲力盡時，在通宵營業的快餐店坐到天明，你們都不知道……有時袋中沒錢，便吃人家吃剩的薯條，把自己當作垃圾桶……」

少女說到這，做媽媽的哭了……

「我們努力掙錢，無非為讓你生活好一點，住大屋，吃好的，穿好的，買多點玩的……」

「我援交也是努力掙錢，讓自己過得好一點，玩自己想玩的，買自己想買的……」

「我們錯了，沒想到你需要我們陪伴……」

「你們沒有錯，我長大了，我要獨立，我要自由！」

「喂，阿 Sir，今天聖誕前夕，真掃興！他們要教女，慢慢教，我走了。」中年禿頭阿伯說時，便移步想向門外走去……

我 Nona 露娜倏地跳起，撲到他前面……絕不能放過禿頭淫蟲！

「喂喂呀，放狗行兇呀？想禁錮我呀？」中年禿

頭阿伯叫嚷道。

「你勾引未成年少女……」

「阿 Sir，你不要這樣說，是她勾引我，是她在網上留言說：『我願意用自己最寶貴的東西換一部最新款的智能電話』。不信，你可以問她，甚至查她的社交平台。」中年禿頭阿伯狡辯說。

（唉，無知少女呀，到底是否知道自己傷害了自己，在網上的胡言亂語，你會使自己一生永遠背着污名呀！）

「我要控告他。」少女爸爸說。

「好，來備案……」有人要控告禿頭淫蟲，我們當然大表歡迎。

「我要報失身分證……」禿頭淫蟲說。

「咦，原來是你，有人拾到錢包，送來警署。你看是不是這個？」當值警長向中年禿頭阿伯說。

「是，是，就是這個。」失而復得，中年禿頭阿伯鬆了一口氣。

「你的身分證號碼？」

「裏面有什麼？」

「裏面有多少錢？」

「還有什麼？」

這些，都是循例要問的，以確保失物歸還原主。

中年禿頭阿伯的錢包為什麼會忽然失蹤？又忽然在警署出現？聰明的讀者，你們覺得奇怪嗎？

這，就是我 Nona 露娜的巧計：

你們還記得在尖沙咀街頭擾攘時，我忽然嗅到一陣熟悉的氣味嗎？那是警犬隊逃兵阿 Lord，我在警犬隊的好朋友囉友*，見到他，我心生一計，對他說：

「汪汪，囉友，幫幫忙，從右後袋衛走那老傢伙的錢包。」

雖然我們曾經有過衝突，但他還是照我的說話做了，結果我們才能以未能出示身分證明文件及報失身分證明文件的理由，將中年禿頭阿伯和少女押上警車，送到警局，才有機會處理「老淫蟲」案件。

至於那老傢伙的銀包，阿 Lord 囉友交給了他的 cap 帽主人，由主人交給衝鋒車伙記。

畢竟，一日警犬，一世警犬嘛。

阿 Lord 囉友，謝謝你！

故事到這裏，大家都知道什麼是「掃交大行動」了吧？

*有關警犬隊逃兵阿 Lord 囉友被逐出警犬隊的故事，請看《特警部隊
　1 · 走進人間道》及《特警部隊 2 · 伙計出更》。

第七章　美麗有罪

　　話分兩頭，Baggio 小巴貼着洪 Sir，Antje 安琪緊貼着阮 Sir，兩組部隊，奉命乘坐衝鋒車，直趨旺角。

　　Antje 安琪自去年夏天雷雨之夜慌忙逃走使全城哄動事件之後，接着又要休養調理，生兒育女；然後是忙碌地接受再培訓，好一段日子沒有接受任命。現在的她，英姿勃發，穩重成熟，已經成長為能擔大任的好角色了，但我們仍然喜歡叫她做「乒豬」。

　　經過一個公園外面，Baggio 小巴看見公園裏面有兩頭狗正在「相撲」。

　　「哇，好玩呀！」Baggio 小巴知道，他們不是在玩要，而是在互相挑釁，爭奪老大地位，Baggio 小巴自然反應就是一頓腳，要衝入公園，加入戰團：

　　「汪汪，有我警哥 Baggio 在，哪輪到你做老大！」

　　Antje 乒豬立即小聲制止：「汪，Baggio，冷靜，不要多事！」

　　公園的兩頭狗，眼睛也不抬一下，繼續牠們的「相撲」，全不把警哥 Baggio 小巴看在眼內。

這邊廂，洪 Sir 犬索一緊，聰明的 Baggio 小巴立即意會，知道自己又闖禍了，只好又使出他的殺手鐧，把右掌放在前額，敬禮認錯。

洪 Sir 用犬索輕輕鞭了他一下，訓斥他道：「ATTENTION！Baggio！」

Baggio 小巴跟隨洪 Sir，Antje 乑豬緊貼着阮 Sir，走進砵蘭街，走上一所名為 M&M 的漫畫咖啡廊。

甫進 M&M 漫畫咖啡廊，他們便聽到一個少女，正為金錢與一男一女爭吵。

少女説：「本來説好肉金一人一半，你沒理由要多收我二百元。」

「我男友朋友也有參與介紹你接客，他也要酬金的呀，肉金分三份，每人四百。」

單是這些對話，已經是賣淫和安排賣淫的證據，足以構成我們逮捕她們的理由。

兩個爭吵少女阻礙了兩個警察的視線，使洪 Sir 和阮 Sir 毫不察覺有人已經悄悄從後面溜走。

Baggio 小巴「汪汪」狂吠，驚動了洪 Sir，四處張望。

爭吵少女中年紀較大的一個佯作不小心，把一個咖啡杯撥到地上……

「呼」的一聲，咖啡濺了一地，一些還濺到
Baggio 小巴和 Antje 乑豬的犬毛上……

少男少女乘機起哄，想奪門而出……

洪 Sir 立即下令道：「警察查舖，請各位留在座
位上，不得妄動。」

眾人嘩然：「有沒有搞錯呀……」

「Baggio，你守在前門，任何人不得出入！」

「汪，Yes，Sir ！」

「Antje，你守在後門，任何人不得放行！」

「汪，Yes，Sir ！」

太遲了，那個年輕男子，可能是重要罪犯，已經
逃走了，看來，事後還得費勁把他找出來。

咖啡廊內聚集一眾男女，少年居多，見兩頭警犬，
兇神惡煞，把守兩個出入口，任何人都走不了，怨聲
載道，一個小子說：

「我沒犯罪，為什麼禁錮我？」從中國副總理李
克強訪問港大事件中，小朋友學會了「禁錮」一詞。

洪 Sir 板起面孔問那小子道：

「你叫什麼名字？」

「孔東。」小子似乎有點害怕了，怯怯地回答。

「好，孔東，稍安勿躁，好好合作。」洪 Sir 說。

看經營牌照，咖啡廊店主叫毛仁義，據一些熟悉他的客人說，毛仁義說自己經營 M&M 漫畫咖啡廊，出於一番好意，就是讓少男少女有一個停駐、見面、交流的地方。

「他剛才還坐在收銀櫃後面，咦，怎的不見了？」一個剃去兩邊頭髮，頭頂一堆草的少男說。

「他是個年青俊男，只有二十三歲。」一個戴隱形眼鏡、雙眼微突、化了濃妝的少女說，說時表情甜滋滋的，好像說的是自己的男朋友。

剛才吵架的兩個少女，長得較高的一個轉過頭來，兇巴巴地瞪了突眼少女一眼，看來，暗中過招了，很有醋味呢。

吵架的兩個少女，年紀差不多，兩人都有個很美麗的名字，一個叫唐妤，十三歲；一個叫黃虹，十四歲。

先介紹第一個，唐妤，妤字讀音「如」，是古代女官的意思，有才貌雙全之意。

唐妤，生得十分漂亮，一雙水汪汪的大眼睛，高挺筆直的鼻樑，配上一個櫻桃小嘴，白皙的皮膚晶瑩透紅，一頭長髮，光澤柔順，連洪 sir 和阮 Sir 事後也說她是「小美人」，待她長大後，絕對可以參加選美。

她也聰明，知道自己的樣貌有價，年紀輕輕，便懂得以美貌去爭取好處。

跟她吵架的叫黃虹，十四歲，是她的好朋友，也是同班同學，她是唐好口中的「阿虹」，阿虹的口頭禪是：「援交掙錢好容易，你應該做。」

「做一次援交，一千二百元，掙錢真的好容易，不做，你太笨。」阿虹說了又說。

看唐好報的住址——九龍塘獨立屋，便知道她出身富裕家庭，自少嬌生慣養，又長得漂亮，難免有公主脾氣，因此在學校，人緣並不好，阿虹是她唯一的朋友，所以她很珍惜這段友誼，不想得罪阿虹，加上家庭生活不愉快，終於，她受不了阿虹的不斷游說洗腦，決定嘗試一下「援交」，實行「豁出去」，掙點錢，為自己「買開心」。

就在一天深夜，唐好的父母又在客廳中吵得天翻地覆：「你昨晚喝醉了，口口聲聲叫着什麼 Cookie，Cookie，她是誰？」

「你不要誤會，那是我新買的一條寵物狗的名字。」

「哼！你洗澡時，你的寵物狗剛打過電話找你，還留了言。」

「你偷聽我的電話？」

「你沒廉恥，又講大話！」

廳中戰火正濃，唐妤在房中，用自己的手機聯絡阿虹，開出了肯出賣靈魂的條件：

「先説好了條件：第一，我只會在放學後才能接客，我不能曠課去做；第二，我只陪人逛街購物唱 K 看戲上館子，其他的，一概不做；第三，聲明在先，一有什麼不對勁，我就不做。」

「好哇好哇，不要嘮叨，好一個長氣老人精。來，明天回學校，記得帶幾件漂亮的衣服，要低胸性感一點的，我先替你拍照，在網上宣傳，我保証，你會一下子紅起來。」阿虹回覆短訊，並指示她作好準備。

十四歲的黃虹，做事好不老練！

據唐妤説：第二天，放學後，黃虹便帶她到太古廣場，在洗手間換了衣服，讓她化了妝（當然手法嫻熟），黃虹找了一些無人騷擾的角落，指導她擺了許多好看的、性感的、誘人的姿勢，還用手機為她拍了好些照片，拍照期間，阿虹不停稱讚她漂亮，使她感到飄飄然，對好朋友阿虹更是信任有加了，阿虹乘機要求道：「來，擺出一些性感的姿態，嘴巴微微張開，讓你看來更美，像個 model……」

在阿虹的催眠下，她不自覺地擺出了好些性感的姿態；阿虹還問她要了她的三圍尺寸，最後圖文並茂地放在網上討論區上介紹她。

她很感到高興，覺得自己像大明星，像個模特兒，又像參選香港小姐，將會很「紅」，變成名媛，人人都認識自己……很快就要接電影、拍廣告、上雜誌會掙很多錢……還有一大羣粉絲簇擁着……

果然，很快的，在討論區上有人回應，許多人給like，有稱讚她漂亮的，有稱呼她做公主的，有人說自己是星探，要介紹她入娛樂圈……他們都說急不及待要跟她見面，一睹美人真面目……

很快地，她接了第一單生意——陪一個有錢少爺唱K，「唱K？很好呀，娛樂人也自己娛樂，盛惠一千二百元，還有人付錢吃喝的。」她心裏想。

有錢少爺第一次和她見面，也算隨和有禮，沒有過分要求，唱完K，說時間還早，還帶她去逛公司，讓她選一件心愛的禮物。

她嘗到甜頭，覺得援交，很好玩耶！從此堅定做援交的決心。

她想不到的是：好友阿虹做中介人，提出諸多要求，苛索介紹金，並且不惜因此而跟她鬧翻。

「如果不是警察到來，我也要報警。」黃虹說。
那正好，省了我們許多麻煩。

「她威脅我，逼我援交。」美少女唐好爆出了驚
人的美少女援交內幕。

M&M漫畫咖啡廊表面是一個讓青少年喝咖啡看
漫畫聊天的地方，其實是援交介紹所，安排少男少女
做援交的勾當。做援交的有男有女，有少年有青年，
視乎顧客有什麼需要，就交什麼貨色。

「哎吔，我們不知道這裏是個援交竇呀，朋友介
紹我來的說這裏的咖啡好喝，又有漫畫書看，我才上
來呀，求求你，不要拉我回警局，讓阿媽知道，要打
死我的呀……」兩個少女哭着哀求道。

本來，喝咖啡、看漫畫書，不是犯罪，我們也無
權拘捕人，但現在，M&M漫畫咖啡廊被揭發經營援
交非法勾當，引誘少男少女上當，在場的可能是同謀
者、合謀者，又或者是受害人，我們怎能不調查清楚，
記錄口供備案呢？於是，洪Sir召來的警車，眾人被
帶回警署落案。

「有什麼話，回警局再說。」

是的，此地不宜久留，久留恐怕有危險，少男少
女們也不適宜當眾揭露自己的私隱。

M&M 漫畫咖啡廊的燈熄滅了，門被關上了。

一眾少男少女被帶上警車，街上當然擠滿圍觀途人，被捕眾人當然或手袋遮面，或外套蓋頭，當然囉，萬一被傳媒拍了照，自己的樣子在電視報刊出現，不被家長罵死，不被校方追究死，也肯定被同學朋友笑死……怎樣的死法，都是慘烈的！

警署內，警長逐一盤問。

唐妤繼續爆出驚人內幕：「黃虹用我做過援交做威脅，再逼我拍了一輯超性感照片，放到網上做宣傳，我不想再做下去了，她卻又以告訴我爸媽做威脅……」

在警察兄弟面前，唐妤幽幽哭泣着，顯出很傷心很無奈的樣子。

人類不知道，每種情感有每種情感的荷爾蒙，散發出不同的氣味，靈敏的犬鼻子嗅不到唐妤身上傷心的氣味——汪汪，她在演戲，而且演技一流。

黃虹被查問為什麼要逼同學援交。

「我沒有逼她，是她自願的。」黃虹嘴巴很厲害。

「唐妤說你時時刻刻游說她去做援交。」

「就是呀，游說罷了，不要說我逼她！」她懂得利用對方說話反擊。

「你逼她拍超性感照片，放到網上公開，還不是威脅？」

「阿 Sir，這叫建議，我又沒刀子，不叫威脅。」小女孩咬文嚼字工夫真好。

「黃虹，你開心嗎？才十四歲，就做媽媽生？」

媽媽生，是逼良為娼的毒婦人，勢利刻薄刁悍的吸血鬼，貶義詞。看慣電視的黃虹當然明白這稱呼的侮辱性。

「我要告你誹謗！」

「你手機內有援交女孩和顧客名單，還說自己不是媽媽生？」

「我，我……為了男朋友才這樣做……」手機罪證，使黃虹態度軟化下來。

「怎麼了？男朋友要你做什麼？」既然她態度軟化了，兄弟也就不用媽媽生這刻薄貶詞來刺激她。

「組織援助交際……這活動，在日本是潮流，許多人都做，你們落後了，大驚小怪！」黃虹又砌詞狡辯了。

「但你逼同學援交，還收介紹費。就是犯法。」

「我要報復，報復前男朋友花心，給點顏色他看，要他知道我的本事！」十四歲的她，已經經歷情海滄

桑，悻悻然地說。

「你男朋友的感情缺失，跟你的同學唐好有什麼關係？」

「沒關係，她只是我的搖錢樹。我要為現任男朋友掙錢，令他對我一條心。」唉，現今世代，人人追求物質，願做金錢奴隸，仇恨心重，什麼也肯幹，敢幹。

「黃虹，你害死了我！」唐好生氣地說。

「牛不喝水按不下牛頭，別怨人。」十四歲的黃虹，思想成熟得像一個大人。

「你男朋友叫什麼名字？」

「男朋友與這件事無關，我不用告訴你……」小妮子好厲害。

Baggio 小巴一直跟着黃虹，在她身邊團團轉。

「這小犬子，好色死性不改？」認識 Baggio 小巴的兄弟姊妹都這樣想。

「衰狗，走開！」黃虹生氣了，拿 Baggio 小巴出氣。

「M&M 漫畫咖啡廊經營者毛仁義，是你的什麼人？」洪 Sir 繼續盤問。

兄弟在電腦上搜索 M&M 漫畫咖啡廊的網頁，看

到店主是毛仁義，網上放了他的個人照片，跟黃虹手機上找到的是同一幅：不修邊幅，下巴留了一撮羊咩鬚，看起來有點髒，嘴角微翹，露出煙漬牙，神情傲慢，帶點不羈，也許正是這點傲慢不羈，令少女黃虹迷上了他，也想用他來報復前任男朋友，她對他，可說是言聽計從，包括做他的逼良援交的幫兇。

「我要掙錢，援交掙錢給男朋友，我愛他，願為他付出一切。」

「你説的是以前的男朋友？」

「哼，那傢伙，我早已死心，我説的是有情有義的那一個！」

「毛仁義？」

小妮子不説話了，哦，那即是默認。

唉，孩子，為什麼這麼傻呢？要知道，一失足成千古恨，何必推自己於萬劫不復的境地，傷害了自己，也傷透爸媽的心？

Baggio 小巴仍然在黃虹身上嗅聞，最後，還在她面前坐下。

洪 Sir 知道，這少女身上，可能藏有另一個驚天大秘密。

就在這時候，一個樣貌娟好的女士，精心打扮，

一身名牌，坐着司機駕駛的名貴房車，在一個也是滿身名牌打扮入時的男子陪同下，儀態萬千地步入警署。她翩翩然來到，引得眾警員紛紛行注目禮：

「請問有何貴幹？」

「這位是唐好的媽媽唐太太，不是你們通知她來的嗎？」唐媽媽身旁的男子回答說。

唐媽媽微笑地優雅地張望：「我的好好呢？」她笑時兩頰露出兩個小酒渦，的確美麗迷人，一眾男子漢都對她有好感，禁不住心中讚歎道：「好一個美人！」

「她在房中，請跟我來。」

唐好一見到她的媽媽，立即轉過臉去，表現冷淡態度，不瞅不睬。

「好好，你做了什麼事，竟然被請到警局來？我和 Henry 叔叔正要去 High Tea……」

唐好瞪了那位「Henry 叔叔」一眼，鼻子一皺，「哼」了一聲，又別過臉去……

「好好，你為什麼要這樣？不夠錢用，告訴我便是。做援交，沒廉恥，唐氏家族名聲被你敗壞殆盡。」

「在八歲那年，我不小心弄壞你的鑽石耳環，你便用衣架打我，罰我脫掉衣服，赤裸站在大門外，那

時，你已經教懂我做人不必顧廉恥……」唐好咬着下唇，悻悻然説。

「我……當時懷疑你爸爸有另一個女人，才一時失控……」美麗的媽媽眼眶倏的紅了，想來，丈夫情感上有缺失的問題，至今六年了，還未解決。

「他有另一個女人，你便要我父債女還？」少女漂亮的面孔氣得扭曲了。

「對不起，你爸爸有外遇，我的心如跌下深谷……」美麗的媽媽強忍着眼淚，努力地眨着眼睛，不讓淚珠兒流下來。

「就要拿我出氣？我是你們的出氣袋？」少女漂亮的面孔上眼淚直流，包含多少委屈，幾許恥辱，無盡傷心。

她今次的傷心是真的，真的假不了，Baggio 小巴嗅到她身上的傷心荷爾蒙。

「你自小聰明機智，我想，都是你的朋友不好，教壞了你！」美麗的媽媽不再糾纏在自家的家庭問題，將矛頭直指黃虹。

黃虹雖然只有十四歲，卻儼如老江湖般，立即回應：「喂，Auntie，你自己教不好女兒，別諉過於人。唐好貪錢，是她自願幹的。」

「你年紀小小，好壞……」

「Auntie，援交有什麼問題？電視網絡天天都播放啦……還有，學校性教育也教過啦，小心便是……」黃虹振振有詞道。

「你簡直是魔鬼！」貴婦人輕皺眉頭，説道。

「Auntie，你不用扮道德高人，你自己不也請援交男嗎？有什麼資格教訓我？」被黃虹一番奚落，唐太太臉色倏的刷白，一掌舉起，就要摑下去……

好一個黃虹，一揚手，擋了過去，年輕有力的手掌，硌得唐太太手臂骨劇痛……

「沒家教，竟然敢打人……」貴婦人被羞辱，忘記了高貴的身分，揮動手中名牌手袋就要拍下去……

「Honey，息怒，息怒，別氣壞自己。」

「你看你們，兩個 H，算是什麼東西？」唐好説道。

（讀者們，你們知道兩個 H 指的是誰嗎？嘻！）

唉，問題兒童都來自問題家庭。

可惜，清官難審家務事。

「唉，好好，你為什麼變得那麼壞？」唐太太搖頭歎息，幽幽道。

就在這個時候，阮 Sir 和 Antje 奀豬押着一個不修

邊幅，下巴留了一撮羊咩鬚，看起來有點髒，嘴角微翹，露出煙漬牙，神情傲慢，帶點不羈的男子回到警署來。

咦，他不是逃走了嗎？

是的，在 M&M 漫畫咖啡廊，他一看見警察來到，便立即機警地從後門溜走了。

但魔高一尺，道高一丈，你猜得到發生什麼事嗎？

阮 Sir 和 Antje 乑豬是在哪找到他的？

即是說，他是怎樣被逮着的？

第八章　你被出賣了

全城正為特首接受富豪邀請乘坐私人飛機和遊艇外遊涉嫌貪污一事鬧得沸沸揚揚之際，溫柔體貼的唐太太，卻吩咐司機專程過海去一家五星級酒店買了五盒名貴蛋糕，送來警署，説今天是聖誕節，她要慰勞我們，並祝我們聖誕快樂。

「萬萬不能，我們不能接受唐太太的禮物，廉政公署會請我們去喝咖啡的。」

當值警長不肯接受市民好意是理所當然，即使沒有廉政公署，沒有防止賄賂條例，我們也該這樣做，因為廉潔，是香港管治的核心價值。

「沒關係，沒關係，唐太太説廉署會明白的，何況今天是聖誕節。」司機叔叔説。

哇噢，五盒好味的蛋糕！靈敏的犬鼻嗅到五味紛陳：有濃郁的朱古力味、清香的士多啤梨味、芬芳的芒果味、甜膩的忌廉味、香噴噴的芝士味⋯⋯香味隨着空氣，傳送到警署每一個角落，太誘惑了，口供房中的 Baggio 小巴騰地站直了身體，豎起了耳朵，鼻子

在空中貪婪地嗅索，喉頭咯咯作響，狂吞口水。

警長就硬說這不行，我們不能接受⋯⋯

司機叔叔不再說什麼，放下蛋糕，掉轉頭便走了⋯⋯

警長苦笑道：「處理漫畫咖啡廊案已經夠忙的，還要處理五盒蛋糕！這聖誕節！」

Baggio 小巴頻呼：「汪汪，美味的蛋糕，不吃，可惜！太可惜了！」

警署內，洪 Sir 苦心勸黃虹：「你年紀輕輕，何必做淫媒。」

「阿 Sir，你年紀看來也不太老，為何思想老土，援交不是賣淫，是徵友，是交友延續，陪人逛街吃飯唱 K 去玩，十分高尚，即使出賣身體，你情我願，也沒有不妥。一些少女想要點錢，買自己想要的名貴東西，家中又供應不到，我只是幫她們解決問題，滿足需要罷了，有什麼錯？」黃虹振振有詞，歪理連篇，完全不怕警察，也不守法紀。

「你還年輕，不要掙不正當的錢。」洪 Sir 關心地說。

「你的意思是，成年人便可以掙不正當的錢，年輕人便不可以？」洪 Sir 心中叫苦：「糟糕，中了小

妮子的計！」

香港教育沒失敗，你們看，才升中三的學生黃虹，思維多靈活，反應多敏捷，舌劍多鋒利，如果她不入歧途，將來一定是一位出色的律師。

Baggio 小巴始終是一頭飽經訓練，盡忠職守的警犬，很快的，抗拒了蛋糕香味的引誘，再次集中了精神，又去對付少女黃虹，在她跟前坐下，瞪着她。

「這頭狗有神經病，老是跟着我。」黃虹投訴道。

一言驚醒洪 Sir，他知道，黃虹身上一定有什麼秘密，Baggio 小巴才會這樣跟着她，一刻不放鬆，於是，他立即請兩位女警帶黃虹到隔壁房間。

不久，她們回來，向洪 Sir 報告：「在她身上，搜不到什麼。」

看清楚黃虹，一件窄身 T 裇，一條窄身牛仔褲，牛仔褲上釘了幾個乒乓球般大的小圓珠，腰上配了一條潮流粗皮帶，外罩一件圓頭大領厚風褸，腳穿一對釘有小閃珠的波鞋，頭髮髮尾鬈曲，束在腦後，用一條粗帶纏着，典型的潮女打扮。

黃虹氣憤道：「你們到底想怎樣？」

「我們的警犬示意：懷疑你藏有毒品，甚至吸毒。」

「你們誣陷我，我要投訴你們。」黃虹發惡，想先發制人。

Baggio小巴的示警，會出錯嗎？接下來怎樣做？如果他犯錯，將會被反控，整個警隊的形象一定受損。

這個，便全憑洪Sir對Baggio小巴的信賴和自己的判斷，洪Sir眉頭暗皺：「這頭Baggio，犯錯有前科。」該如何判斷？該怎麼辦？

「Baggio，SEARCH！」這道命令一下，你知道洪Sir要承擔多少風險？

洪Sir下令Baggio小巴在少女身上嗅索毒品，如果嗅索失敗，洪Sir可能被投訴，可能被上級訓斥，甚至轉介到警察投訴科處理，可能被停職，甚至革職，不但前途堪虞，精神上也必要承受極嚴重的打擊，而且影響家人。

為了一個少女黃虹，他值得冒這個險？

主意已決，洪Sir再沒有半點猶疑，一聲下令：「Baggio，SEARCH！」

「為的是香港少年的前途！」事後，他對警犬老爸這樣說。

Baggio小巴一個躍起，向着黃虹腰部一撲，咬着她的腰帶，弄得她連連後退，最後跌坐地上，但

Baggio 小巴犬牙不放鬆，就是不放鬆！

「Baggio，LEAVE!」好一頭警犬，乖乖聽命，退到一旁。

既然知道問題所在，洪 Sir 於是命黃虹將腰帶解下，她當然拒絕，歇斯底里地說：「你想非禮？」

姊妹上前，再命令她解下腰帶，她大哭大叫起來：

「我偏不解腰帶，你們又奈我何？」黃虹大叫道。

「Baggio……」洪 Sir 的命令還未說完，Baggio 小巴已經一躍而起，撲向黃虹，先咬開外套，犬牙用勁，一個咬合，硬生生的將黃虹的腰帶扯脫下來。

「不要脫我褲子！」哭聲震天，所有聽到哭叫聲的都跑過來看個究竟。

但洪 Sir 最關心的是腰帶藏了什麼，有什麼秘密。

黃虹撲過來，要搶腰帶，Baggio 小巴見兄弟受襲，不用命令，已經再次躍起，撲向黃虹，將黃虹撲倒地下，緊緊咬着她的手臂。

洪 Sir 用刀子將黃虹的腰帶切開，噢，天，密密麻麻都是白色小丸子。

「Baggio，LEAVE!」找到毒品，證據在握，洪 Sir 準備扣押黃虹。

Baggio 小巴鬆開了咬着黃虹的犬牙，黃虹還未來

得及站起來，Baggio小巴卻好像意猶未盡，一個轉頭，就噬向黃虹的頸部，扯開了那漲卜卜的外套衣領，裏面的東西滾了出來，灑得一地都是——色彩繽紛的糖果小丸子！

所有人看得目瞪口呆！

Baggio小巴仍然不肯罷手，把黃虹踩在腳下，再咬掉她束髮的粗帶子，帶子扯脫了，色彩繽紛的糖果小丸子又撒出來！

Baggio小巴仍然不罷休，把倒在地上的黃虹牛仔褲上的、鞋上的小圓珠逐一咬下來，兄弟們逐一砸開，不得了！裏面都是粉末！

哇，魔法無邊，一個小小的女孩子，由頭到腳都可以藏毒，她們滿街走，做毒品販子、拆家。運毒，不用放在袋子，不是靈敏的犬鼻，人眼又哪看得出？

可惜的是，黃虹，十四歲的聰明小妮子，應該還是少年不知愁滋味的吧，怎的變成毒品大拆家？

她仍未成年，為何便要擔負着如此作孽的罪惡枷鎖？

是誰令到她深陷罪孽的痛苦深淵？

「黃虹，原來你是毒販！」來自富貴人家的唐好驚叫道，「我們不再是朋友！我沒有你這個毒朋友！」

黃虹的秘密被拆穿，臉上一陣白一陣紫的，終於，再按捺不住，嚎啕大哭起來⋯⋯

　　這時，天邊泛起了微微的橙紅色，折騰了整個晚上，大家心裏想：破案了，可以鬆一口氣吧⋯⋯

　　洪 Sir 忙碌地準備文件，攝影組的兄弟忙碌地拍照，證物組的兄弟忙碌地收集証物⋯⋯

　　就在這時候，CID 的兄弟押着一個不修邊幅，下巴留了一撮羊咩鬚，看起來有點髒，嘴角微翹，神情傲慢，帶點不羈的男子回來。

　　「毛仁義！」洪 Sir 一抬頭，驚叫了起來。

　　「咦，Antje 和阮 Sir 呢？」洪 Sir 問 CID 的兄弟們。

　　「汪汪，他們在後面。」Baggio 小巴叫道。

　　果然回來了！

　　Antje 奀豬和阮 Sir 出現了。

　　是他們抓到那個「羊咩鬚」？

　　他們是在哪裏抓到他的？

　　他們是怎樣抓到他的？

　　讀者們，你們不用心急，且聽我 Nona 露娜道來：昨天，當一眾青少年顧客被帶走後，M&M 漫畫咖啡廊的燈被熄滅了，鐵閘被拉上了，門上貼了警方的告示，通知來者；M&M 漫畫咖啡廊被封舖，停止營業，

直至另行通知。

沒有人注意到，只有一犬一警隨大隊撤退，還有另外一犬一警呢？

Antje 奀豬和阮 Sir，沒有跟隨 Baggio 小巴和洪 Sir，他們神不知鬼不覺地留了下來，靜悄悄地潛伏在黑暗中，等待……又等待……

黑暗中，注定有些事要發生。

太危險了，不怕來者不善，善者不來嗎？

撲滅罪行，從來都是危險的，可惜許多香港市民並不明白，也不關心。

又不怕來者勢眾，一犬一警要白白犧牲？

為儆惡懲奸而犧牲的慘烈故事，從來沒有停止過。

至於這次行動的機密，事前絕對不能夠告訴你們，以防洩露，使對方有所準備。

現在惡人就逮，且讓我 Nona 露娜告訴你 Antje 奀豬和阮 Sir 的故事。

你或許會問：為什麼是雌犬 Antje 奀豬，不是更勇猛的雄犬 Baggio 小巴留下？

首先，要說明的是，我們所有警犬，無論是雌犬或雄犬、年紀多大、年資多長，都要經過嚴格訓練、

再訓練、不停訓練和不停考試，不停的要通過出關試，再通過出關試，再再通過出關試，所以我們每一頭，都勇猛無比，身手不凡，機智無敵。

要 Antje 歪豬留下，那是因為她經歷過在雷雨中出走，在黑夜中孤獨度過，在荒山中奮勇求存，她不怕幽禁於黑暗中，有無比的勇氣面對困難，也有足夠的耐性等待機會；而且，做了媽媽之後，她更變得像我 Nona 露娜一樣，十分成熟穩重了。*

Antje 歪豬和阮 Sir 躲在 M&M 漫畫咖啡廊隱蔽角落中，時刻留意着前後門的動靜，不吃不喝不眠不休不上洗手間，怕罪犯在什麼地方安裝了貓眼、閉路電視、監察器什麼的，發現他們的藏匿。

為什麼不預先拆掉那些什麼貓眼、閉路電視、監察器？

就是要對方不起疑心，迅速現身嘛。

就在天將亮未亮之際，Antje 歪豬首先抬頭豎耳，阮 Sir 心想：「好哇，來了！」

「咔嚓」一聲，門開了，黑暗中，一個頭伸了進來，用電筒向各處照射一番，阮 Sir 在暗處，按着

*有關 Antje 歪豬出走的故事，請看《特警部隊 4．緝毒猛犬》。

Antje 癸豬的頭，屏息俯伏，一動也不動，以免打草驚蛇。

只聽到「嘭」的一聲，來人用腳把門關上了。

「唔，看來只有一個人回來，而且是一個拿鑰匙的人，是他嗎？」阮 Sir 內心志忑。接着「啪啪啪」的幾聲，全屋電燈亮了，在沙發下面望出去，那人的鞋尖是向着收銀櫃的，正在移動到收銀櫃⋯⋯

阮 Sir 估計：「他是背對着我們的⋯⋯」

「嘎嘎嘎嘎⋯⋯」一陣聲響之後，收銀櫃下面露出一個暗格，那人正將一包包的東西搬出來⋯⋯

時機已到！

「Antje，HOLD HIM！」

Antje 癸豬飛撲而出，咬住那傢伙的腳，將他拽倒！

阮 Sir 拔槍在手，一個箭步衝前，喝道：「不許動！」

阮 Sir 用膝蓋頂着疑犯腰部，接着「咔嚓」一聲，上了手銬！

終於，捉住了那一個羊咩鬚！

就在這時候，一隊男女衝了進來，是一早布置好埋伏在街上，樓上樓下的便衣重案組 CID 伙記。

　　這就是警方的配合，阮 Sir 從藏身處衝出前，已先行按了身上無線電通訊器，通知伙記行動。

　　「喂，阿 Sir，誤會嗎？為什麼要拘捕我？」羊咩鬚掙扎道。

　　「你是毛仁義？」先要核正身分。

　　「不，我不是。」對方否認。

　　「你是誰？」阮 Sir 知道，對方在拖延時間。

　　「我是毛仁義的朋友，錢開。」

　　「拿身分證出來。」

　　「我雙手被反扣，怎麼拿。」

　　「不要緊，先看看你身上有沒有攜帶武器。」阮 Sir 說時，為疑犯進行搜身，搜出了他的錢包，拿出了身分證，果然是毛仁義！這男人，無腰骨，連自己是誰也不敢承認！

　　「是，我是毛仁義又怎麼？我不可以叫毛仁義嗎？你憑什麼要拘捕我？」羊咩鬚掙扎道。

　　「逼良為娼。」阮 Sir 說。

　　「阿 Sir，不要亂說，人證物證呢？」羊咩鬚抗辯說。

　　「藏毒販毒。」阮 Sir 說。

　　「阿 Sir，哦，我肯定，你私入民居匿藏屋內，就

是想插贓嫁禍！」羊咩鬚暴跳起來咆吼，本來有點髒的羊咩鬚看來更骯髒了，本來微翹的嘴角更向上歪斜了。

「這暗格藏的一包包的是什麼？」

「千萬不要誤會呀，阿 Sir，這不過是麵粉罷了，用來製蛋糕的，客人買咖啡時附送的。」羊咩鬚想砌詞誤導，說服警員們。

「麵粉？麵粉要收藏在櫃底暗格中？」眾警員暗笑了。

「法律有規定麵粉不可以收藏在暗格中嗎？」羊咩鬚很狡猾，想用反問法，想反守為攻。

「你所說的一切將會用作呈堂證供。」其實一開始，所有對話已被錄音。

「我抗議，你們設陷阱……」羊咩鬚吵道。

「你可以保持緘默。」阮 Sir 提醒他。

狡辯無用，飽受搜毒訓練的 Antje 朵豬早已坐在那一包包「麵粉」前面——這就是「毒品」的示意，所有警員都明白，只有羊咩鬚不明白，繼續吵着說：

「我……我要見我的律師……」

「沒問題，通知你的律師到旺角警署。」

毛仁義被紙袋蒙頭，帶到街上，上警車。一路上，

毛仁義都垂下頭，他的傲慢，他的氣焰，消失無蹤。

當時，天色大白，但是街上行人仍寥寥可數，畢竟香港是國際城市，城市人夜眠遲起，錯過了一次罪犯被逮着的圍觀機會。據知，毛仁義和他的Ｍ＆Ｍ漫畫咖啡廊在該區可薄有名氣，潮流雜誌還介紹過他和他的店呢。

回到警署，掀起蒙頭紙袋，哈，毛仁義，正氣得滿臉通紅，兩眼滿布紅絲。

一看見黃虹，大喝道：「一定是你出賣了我，你跟他們說了什麼……」

「哎吔，義哥，我有情有義，不做金手指的事，你信我。我愛你，不會做對不起你的事！」黃虹尖叫着為自己辯護。

「沒有線報，他們沒可能預先埋伏！」毛仁義說時咬牙切齒，「一定有人出賣了我！」

「我說，是你出賣了我！他們竟然知道我將小丸子收藏處！我的腰帶、頭帶和衣領收藏法，只有你知道，我懷疑，是你告訴他們，想將一切罪名往我身上推！」黃虹也生氣了。

聰明的讀者，你們一定猜得到，到底是誰被出賣了吧？

任何吸毒者，他們的身上流着毒血，散發特殊體味，逃不過警犬法鼻！

唉，到底是誰出賣了誰？

警局嘗試聯絡黃虹的媽媽。一直不成功，洪 Sir 對黃虹說：「你未成年，沒有家長保釋，我們只好扣押你，等候審訊。」

良久，黃虹才低聲的説：「我媽在坐牢。」

「犯了什麼事？」

「操控水客，被判囚三年。」

原來她是「走私天后高亞梅」的女兒，高亞梅因布置本地水客帶電子產品走私入境，又安排內地水客「背囊加膠袋偷運龍蝦」闖關，她還教水客用錫紙包裹智能手機過關避過 X 光機檢查，但因太明目張膽，上得山多終遇虎，她終於落入羅網，現正在赤柱監獄服刑。

犯罪家庭禍及下一代，教出為錢不顧法紀，為情不惜一切的女兒，可哀可歎！

聖誕假日，萬眾假日狂歡，各區警署，卻顯得特別忙碌，高度戒備。

數不盡的狂歡派對，飲酒吸煙，結果重災區滿街酒鬼。有些飲酒醉得一塌糊塗，落得個急性酒精中毒，

聖誕佳節趕送醫院救命；有些醉酒鬧事，走到街上，破壞公物私物，見東西就擲，就砸，也不知道自己做了些什麼事，我們在街上就逮住許多神智不清的青少年酒鬼！有的就地打架，成長煩惱苦悶多唄，一股腦兒在狂歡節日借酒發洩出來，一言不合，大打出手，他們有損傷會否後悔？青少年哪會顧慮這麼多，要打架就打架囉！

狂歡派對也派毒品，教唆青少年嘗毒，實行「真可一，真可再」。吸毒上了癮，還沒頭沒腦地加入毒販行列，專門向少年朋友入手，招引他們一起闖地獄門！成了毒友，不想家人知道，只好離家出走，流浪街頭。

最可怕的是女孩子搞出「人命」，問題就更複雜……

啊，對了，要告訴你們，最後黃虹和毛仁義可以保釋外出，條件是要在區域法院聆訊日出席聽判。

第九章　兩撮頭髮

香港法律真寬鬆，黃虹和毛仁義犯了藏毒、販毒，安排賣淫諸重罪，仍然可以保釋，在外逍遙自在！

毛仁義是成年人，可以保釋自己，但黃虹未成年，不可自行保釋，她只好老大不願意地通知她的爸爸來警署。

黃虹的爸爸匆匆趕來，六十九歲的黃伯，對十四歲的叛逆少女，根本沒法管，也不知道怎樣去教，只有搖頭歎息，老淚縱橫，擔心不已。老來得女，他視她為寶貝，她卻當他是負累。

黃伯咬牙切齒大發嘮囌說：「都是那個毛仁義，正一無仁義，帶壞阿虹。阿虹才十四歲，本性善良，受人教唆才會做錯事。」

黃伯告訴警察：阿虹九歲時從湖北來香港，就讀小學，很勤奮好學，成績優良，得過「學業優異獎」，這點，在偵察黃虹案中，洪 Sir 得到黃虹曾就讀的小學班主任證實，黃虹在小學時的確是天資聰穎，性格溫馴的好學生。

只是，升中學後，她開始變得不愛留在家中，整天往外溜，有一次，黃伯在街上碰見她，她的手指夾着香煙，正在吞雲吐霧，一副陶醉的樣子。黃伯很生氣，一個衝前，搶了她的香煙，一巴掌就摑下去，她，當時才十二歲，只是一個中一學生，黃伯也感到奇怪，家中領綜緩度日，她零用錢不多，哪來錢買香煙？

「她還學會喝酒，許多時候，喝得爛醉如泥，常常不上學。你罵她吧，她充耳不聞。」

黃伯說他試過鎖上門，不讓她外出見壞朋友，她竟然打開窗戶，威脅父親說：

「你不開門，我便從窗口跳下去。」

黃虹個性倔強，黃伯擔心她說得出做得到，只好讓步。

黃虹，才十二歲讀中一時，已經天不怕地不怕，你罵她打她吧，她便把心一橫玩失蹤，好幾天不回家！讓黃伯擔心不已。「她媽媽只顧走水貨掙錢，許多時候不在家，根本不知道女兒發生什麼事！」

黃伯愛女情切，說時老淚縱橫。

黃虹深受感動嗎？有悔意嗎？一眾兄弟姊妹期待着。

好一個叛逆少女黃虹，聽着爸爸說自己的連番糗

事，擺出一副滿不在乎的樣子，反駁說：

「你不也是老淫蟲嗎？老男娶少妻！你不也不務正業，不做工領綜緩，終日游手好閒嗎？你不也抽煙喝酒嗎？是你教我的，不要只說我壞！最討厭就是你這種道德高人！」

「汪汪！」聽到這，Antje 岳豬作為媽媽，不禁作吠罵她：「你怎麼可以這樣罵你爸爸啊！」

「傻妹 Antje 自己不也曾經出走過？」阮 Sir 心中暗笑，慈愛地撫摸着 Antje 岳豬，示意她冷靜。

當然，一個年邁父親，多年來靠綜緩過活養家，每天無所事事，抽煙喝酒打盹；一個走私媽媽，明目張膽，挑戰法律，以非法途徑掙錢，又怎可能教好女兒？從貧窮落後的鄉間來到五光十色的國際大都會生活，沒有良好的家庭教育，崇高的人生理想，黃虹又如何能夠抗拒種種誘惑，保持清純，不會學壞？

警方一定要按本子辦事，無奈讓疑犯保釋外出，只得叮囑他們依時出庭應訊。

你說，他們會依約出現嗎？

你果然猜得對，聆訊當日，他們不見影蹤，音訊全無，他們棄保潛逃了。

翻查檔案，那個毛仁義，幾年前曾因售賣翻版影

碟和手袋被捕，他當時只有十六歲，未成年，故被判入更生中心；前年他又因藏毒被捕，他已經二十一歲，仁慈的社工代他哀求法官輕判，說他無父無母，自少孤苦失教，受壞朋友影響，才會無心向學，誤入歧途；仁慈的法官於是判他緩刑三年，想不到竟讓他繼續為禍蒼生。

少女黃虹也曾因與同學為爭男朋友而打架，被人報警控告，不過當時她只有十二歲，讀中一，法官只是告誡她；後來，她變本加厲，不受管教，經常離家出走，她的家人曾經四次報警尋女；升上中二以後，她更要求退學，整天和毛仁義在一起，淪落到協助毛仁義或誘或逼其他少女做援交，甚至藏毒販毒。而她自己，也是一名吸毒者。

現在，放虎歸山，虎失影蹤，法庭又如何處理呢？

法官依法立即頒下通緝令，全城追緝他們！

春雨霏霏，春霧籠罩，春寒料峭當中，吹來陣陣暖意，枝頭嫩芽已經伸出頭來，大地蘇醒，春天來了！

春天，乍暖還寒，氣溫變化極端，而且濕度極高，人和犬都容易覺得睏倦，甚至生病，但春天是一個生發而不是退縮的時節，警隊不會因春睏而怠惰，反之，我們更勤加鍛煉，提升能力。

　　時近清明，「清明時節雨紛紛，路上行人欲斷魂」。中國人重視慎終追遠，每到清明節，扶老攜幼前往掃墓。近日，上山掃墓的人漸多，許多掃墓地點，時有途人報稱遇劫遇襲，警方安排各單位勤加落區巡邏，務必令歹徒斂跡，鼠輩匿藏。

　　柴灣，偏處香港島東面，是比較低下的階層聚居地，以往，香港政府要徙置難民、災民、貧民等，就會往柴灣送，為柴灣的工廠提供勞動力，後來，隨着新市鎮計劃的發展，公路鋪建，地鐵通車，柴灣的人口迅速增加，於是柴灣開始繁榮起來了。柴灣的治安嘛，不過不失。 但柴灣的歌連臣角山，仍然時有賊匪，甚至非法入境者，打劫途人。

　　這一天，我Nona露娜和陳Sir奉命派駐柴灣警署，報到後，直趨歌連臣角山上巡邏。

　　山上潮濕有霧，滿山翠綠，一路花開處處，杜鵑尤其開得燦爛，紅的、紫的、白的，滿山都是，又凋落得滿地都是，我Nona露娜雖然年紀不輕，可幸平日不疏於鍛煉，仍然能夠和年青力壯的陳Sir並足同行，一點也不落後。年紀大，也可以老有所用，不必學黃伯般，頹廢度日的。

　　忽然，空氣中嗅到一股熟悉的、親切的，令我雀

躍，使我興奮莫名的氣味！

我的眼睛發亮，嘴角咧開，禁不住把頭抬得高高的，還搖頭擺尾。

「Hi，Nona，攪什麼鬼，忽然這麼興奮？」

陳 Sir 抬頭環視四周，這歌連臣角的荒野山頭，墓場處處，除了清明前後，平日可謂少見人蹤，他真的想不通，在這種霧氣深鎖，濕氣籠罩的環境，會有什麼事令我有這樣高興、興奮的反應。

他知道，我的反應不是發現賊蹤，美食也引誘不到我這老差骨，我到底發現了什麼？

我拖着他衝上那條長命斜路，一個拐彎，轉上佛教墳場，經過前特首董建華家族的墓地，再拐一個彎，再往上跑。

旁邊建築物內飼養的一頭狗，想來老早已嗅到我的氣味，吠叫道：

「汪汪，喂，發生什麼事，又來了？」

我不理會他説什麼「又來了」，我拽着陳 Sir，快步轉上石級，向上跑去。其實，這樣快速跑石級，對我們的膝蓋絕對不利。

但是，沒辦法，我就是心急，更何況，平日執勤，要追賊，也不會管它石級不石級，亂石不亂石哩。

氣味越來越濃烈，我知道，目標就在咫尺。

再拐一個彎，轉上另一道石級，赫，是他們了！

「汪汪，Max ！」

「汪汪，警犬老爸！」

「哎吔，是吳 Sir 你和 Max，怪不得 Nona 這麼興奮。」遇到同僚，陳 Sir 也十分高興。

我撲向 Max 麥屎*，我的愛人，Epson 阿爽的爸，摩頭擦肩，互相舐舐，噢噢，我們不見許久許久了……

警犬老爸站在一旁，憐惜又理解地看着我們這一對得意門生，並沒有怪責我不先和他打招呼的意思。

我 Nona 露娜撲向警犬老爸，舐他的臉，直叫道：「汪汪，老爸、老爸，謝謝你帶 Max 來。」

警犬老爸帶着年屆退休的警犬 Max 麥屎，來拜祭自己的父母，亦即是我 Nona 露娜和 Max 麥屎的師公和師太母，墳前打掃得清潔亮麗，擺上鮮花祭品，看來，他（們）已來了一段時間。我 Nona 露娜跟着陳 Sir，恭恭敬敬站立墓前，一鞠躬，二鞠躬，三鞠躬，之後，我便和 Max 並肩坐在一旁，耳鬢廝磨，甜蜜溫馨。

*有關 Max 麥屎的英勇事跡，請看《特警部隊 1 · 走進人間道》。

146

　　自從上次警犬老爸警犬老媽帶同我 Nona 露娜和 Max 麥屎到大學旅遊，巧破大學生「人肉運毒機」一案*後，我忙我的工作，Max 麥屎忙他的退休前身體檢查和治療，大家一直沒有時間見面，今天真是好日子，難得夫妻聚頭，就在這慎終追遠的山頭。

　　Max 麥屎精神比以前好多了，他告訴我因為「白衣魔頭」梁醫官給他試了新藥治平錠，他的腎臟病好多了，失禁毛病也消失了，他聽梁警官對警犬老爸說，這種新藥還可以延長犬科的壽命。

　　「汪汪，太好了！太好了！那麼，你會回來工作麼？」我問 Max 麥屎道。

　　「汪汪，喂，找到朋友嗎？」下面建築物內飼養的那隻狗，不停吠叫道，打斷了我們的談話。畢竟是犬科動物，是敵是友，早在氣味中透露清楚。

　　突然，我發現了什麼，「篷」地站起來，頭仰得高高的，不遠處的山頭，傳來激烈吵架的聲音，有兩個女孩子發生爭執，還有一個男的在勸架。暴躁的大小市民吵架打架，我們做警犬的司空見慣，使我 Nona 露娜興奮的真正原因是：空氣中送來的氣味是

*有關「人肉運毒機」一案，請看《特警部隊 4・緝毒猛犬》。

熟悉的！

我們又將會遇到誰？

清明正日未到，山頭仍顯冷清，誰會在這荒山野嶺，山墳處處的至陰之地生事？

工作第一，家庭第二，我立即向陳 Sir「汪汪」示意，陳 Sir 會意，向警犬老爸警犬老媽辭別，跟着我直趨「氣味之路」。

我一邊轉頭向警犬老爸和 Max 麥屎「汪汪」連聲道別，一邊拔足前奔。

Max 麥屎在我背後叫道：「汪汪，親愛的，小心呀！」

帶着陳 Sir 直奔對面山頭，我們和「他們」，沒有真正碰過面，但因為要追緝他們，全港警犬都嗅過他們的物品，將他們的氣味記在記憶庫中。

只要給我們遇上，即使他們變身化妝，甚至整容易容改瞳孔顏色，也休想逃過我們靈敏的犬鼻子！

一條小徑上，我倏地停步，前面路上「躺」着一撮頭髮！

憑氣味，我知道是真人髮，不是假製品！

硬生生地在人的頭皮上扯下一撮頭髮，大家可以想像疼痛的程度。

　　那撮頭髮就是證據，証明我們追索的方向沒有錯。

　　陳 Sir 撿起地上的罪證，我們再向前走。

　　「他是我的，你竟然敢和我爭？」我敢肯定，説話的正是十四歲通緝犯黃虹！她的氣味，在我的記憶庫中。

　　這時，只見黃虹正猛力拉扯對方的頭髮，拉得對方低頭俯身，哇哇大叫，喊痛不已。

　　只見對方也不弱，踢出一腳，黃虹身手敏捷，向後一退，手不鬆開，硬生生將對方的另一撮頭髮又扯下來！

　　少女為情打架，絕對可以獸性盡現，不顧儀態，沒有溫柔。

　　人類常説：「愛拼才會贏」，「愛拼」是香港精神；「要贏」是香港人的價值觀，於是大有大鬥，小有小鬥，不要，也不能輸在起跑點。於是香港男女孩子，一出生便要鬥，搶奶粉，鬥成績，爭學位，奪獎項，甚至人細鬼大，搶愛人；長大後繼續鬥，比成就，爭職位，奪利益，搶他人飯碗，謀人所愛，毀人家庭；甚至不顧親情道義，爭家產，鬥中傷；政客更鬥抹黑，放暗箭，造謠言。不是你死便是我亡！

反觀我們警犬，雖有自大、小器、暴躁之徒如 Tyson 泰臣，驕傲狂妄奸險之輩如 Jeffrey 大飛，基本上，我們都能和衷共濟，同心協力，除暴安良。雖然有時我們會因想爭奪一哥一姐地位而衝突，但在警犬隊，有規有矩，我們只能在比賽中、在考試中、在工作中，盡力表現自己，可以暗中較量，如果明爭打架，警犬老爸自有一套整治方法，很公開、公平、公正，恐怖的是，後果是極為悲慘的！

凡打架的犬都要處置。最可怕的是要你去醫療室見梁醫官，去到見梁醫官，你還想有尊嚴嗎？一輪折磨——拽手足、拉舌頭、扯尾巴、插肛門、刺毒針——就簡直要你的命！衝鋒陷陣我們不怕，見「白衣魔頭」就可免則免了！最傷心的是要你受隔離，兄弟不來見你，不帶你出去，不跟你玩，你也不得見同伴，say「汪汪，Hello」也沒機會，這種幽禁，會蠶蝕你的心，令你發瘋。最可悲也是最後的殺手鐧，是宣布你無藥可救，梁醫官不醫你，領犬員兄弟不帶你，警犬老爸不要你，你——被逐出警門，流落民間，永不錄用。

所以，我們從來不敢輕易明牙張爪，撕殺個你死我活——除非要做惡懲奸！

因此，Jeffrey 大飛要鬥垮 Baggio 小巴和 Epson 阿

爽，也最多只能用陰謀，施詭計。*

「汪汪……」我 Nona 露娜大喝，那二女一男一轉頭，看見是警察，拔足就跑……

「警察！停步！」陳 Sir 喝道，他（們）哪肯服從？沒命奔逃，路上遺下黃虹扯下的另一撮少女頭髮……

我飛身一撲，要先對付那個男的，只見那個男的一個轉身，手中拿着亮晃晃的童軍刀！

我只好硬生生在空中轉身，避過他的狠刺，再用肩膊將他撞倒地上，他也身手不凡，一個鯉魚翻身，刀子直刺陳 Sir。

哼！想傷害我的主人？ No Way！

我奮力回身，再撲向他，狠狠咬住他持刀的手！

山路狹窄，我和他，雙雙滾落斜坡，他手上的刀刀鋒劃過我的胸膛……

兩個少女想逃，陳 Sir 拔槍在手，喝道：「不要走，再走，我便開槍！」

兩個少女哪肯依從，仍然向前衝……

忽然，不知為什麼，她們嘎然止步，並舉起雙手

---

*有關警犬 Jeffrey 大飛要鬥 Baggio 小巴和 Epson 阿爽的故事，請看《特警部隊 3．搜爆三犬子》。

作投降狀⋯⋯

只見 Max 麥屎威風凜凜地站在她們前面，露出陰森森的犬牙，少女們害怕了，尤其是領教過警犬威猛的黃虹。

在斜坡下，我的犬牙緊緊地咬住那個男的手臂，他痛得翻轉身子，我乘機壓在他的背上，犬牙不放鬆，就是不放鬆！

他──就是逼少女援交，教唆少年吸毒販毒的淫媒毒販毛仁義！

「汪汪，Nona，你受了傷！」

鮮血染紅我 Nona 胸前的犬毛⋯⋯

警犬老爸冷靜地檢查我的傷勢，他表面的冷靜瞞得了陳 Sir，瞞不了我 Nona，我 Nona 露娜嗅到他身上的緊張荷爾蒙。

「吁，幸好只是皮外傷。」警犬老爸安慰陳 Sir 說。

「傻女，不用怕，沒事的。」Max 麥屎為我舐傷口。

「謝謝你們的協助。」事後，陳 Sir 向警犬老爸道謝。

警犬老爸說：「不用謝，我和 Max 只是路過。」

毛仁義和黃虹被捕歸案。

　　我被送進醫療室，唉，經歷什麼不必再説了⋯⋯説了也感到恐怖⋯⋯

　　毛仁義和黃虹除了之前的逼人援交、吸毒藏毒、棄保潛逃等罪外，再加控傷人、拒捕、襲警等罪，分別被扣押候判。

　　最後，黃虹被判入女童院三年，毛仁義被判將之前處罰的緩刑改為入獄三年，再加二年，共坐牢五年，即送往石壁監獄服刑。

　　在查案的過程中，我們又有一個驚人大發現，原來毛仁義有另一個名字，叫毛德！毛仁義是他在十八歲成年後到生死註冊處宣誓更改的名字。

　　他，毛德，竟然是前偷竊案未婚少女媽媽毛芷的哥哥！

　　唉，怎樣的家庭便有怎樣的孩子！

　　帶毛芷到石壁監獄見他，終於，兄妹相認了，是喜？是悲？

　　當毛仁義聽到妹妹吸毒藏毒，援交成孕的遭遇，他的眼淚終於汨汨而下。

　　毛芷援交的中介人叫黃虹！

　　賣毒品給她的人亦是黃虹！

　　案件告一段落，我們也鬆了一口氣。

　　第二天，警犬老爸帶着來檢查身體的 Max 麥屎來探我們，告訴我們少女黃虹在女童院中的消息：

　　在女童院中，黃虹對男朋友毛仁義仍然死心塌地，頻頻寫信給他。

　　夕陽下，我們圍着警犬老爸，看她的信，看她的癡，看她的冥頑不靈：

　　　「傻瓜，説什麼誰害了誰呢。大家都想安安樂樂掙快錢，但偏偏天意弄人，我們又怎能控制得到，就看作這是報應吧。

　　　我們現在唯一可以做的就是堅持下去，捱過了這一劫，將來重新再來。

　　　為你而坐牢，我無恨無悔，我覺得值得，絕對值得，因為我相信你，我甚至慶幸有這一劫，令我們的情感加深。我相信，我們可以共富貴，也可以共患難……

　　　出去後，我們一定有另一番作為！」

　　可憐的黃虹，她一定看了太多港產黑社會電影，對愛情竟然如此盲目，對社會道德責任，竟然如此漠視！

這社會，到底哪方面出了問題？

愛可以遮掩許多罪，但絕對不是這樣子的！

大家猜猜：毛仁義會回信給黃虹嗎？如果回信，他又將會怎樣寫？

聽說，在女童院中，黃虹和藏毒的范寶相遇，結成朋友。黃范兩少女，將來的人生路又將會是怎樣的？

有一件開心的事，一定要告訴你們，原名山口美子的金山公園失蹤犬齒少女周咪咪和她媽媽申請來沙頭角警犬訓練學校探 Tango 彈高，帶來犬餅和牛肉粒，慰勞我們警犬。周咪咪神清氣爽，笑意滿盈，看來，在媽媽的關愛下，她的精神病痊癒了。

警犬老爸按照公務員接受禮物的守則，計算過禮物總值不超過二百元，不算豪華，不構成受賄罪，可以接受，我們羣起歡呼：

「汪汪，老爸萬歲！」

「汪汪，兄弟姊妹萬歲！」

「汪汪，警犬隊萬歲！」